地獄くらやみ花もなき 陸

黒猫の鳴く獄舎

路生よる

角川文庫
22676

目次

主な登場人物

小《お》野《の》篁《たかむら》

気が付くとそこにいる、平安装束に身を包む謎の人物。

遠《とお》野《の》青《せい》児《じ》

皓の助手。他人の罪を一目で見抜くことができる。

西《さい》條《じょう》皓《しろし》
悩める人々の相談を受ける、
謎の美少年。

紅《べに》子《こ》
黒硝子のような目をした
謎の少女。

凜《りん》堂《どう》棘《おどろ》
世間で評判の凄腕探偵。
通称「死を招《よ》ぶ探偵」。

事件が彼らを誘《いざな》うのか、彼らが事件を招《まね》くのか——。

イラスト／アオジマイコ

凜《りん》堂《どう》荊《いばら》
棘の双子の兄。

溝《みぞ》呂《ろ》木《ぎ》伊《い》都《と》
溝呂木邸の主人。

溝《みぞ》呂《ろ》木《ぎ》佑《ゆう》児《じ》
伊都の養子、小説家。

白《しら》水《みず》蒼《そう》汰《た》
佑児の甥、警視庁捜査一課の若手刑事。

糸《い》魚《と》川《かわ》浩《こう》平《へい》
佑児の甥。

一《いち》ノ瀬《せ》白《あき》帆《ほ》
佑児の姪。

末《すえ》広《ひろ》円《まど》花《か》
佑児の姪。

第一怪　怪猫

この世には、黒猫の鳴きやまない夜もあるのかもしれない。

＊

北へ向かっている。

いくら地理に疎《うと》い青児《せいじ》でも、それだけは骨身に沁《し》みて理解できた。

まず朝一でタクシーを呼んで東京駅へ。そこから北陸《ほくりく》新幹線で長野県まで一時間半。さらに喉越《のどご》し抜群の信州蕎麦《しんしゅうそば》に舌鼓を打ちつつローカル線へ――と乗り継ぎの度に空気が冷たさを増していくのだから、嫌でも実感せざるをえないのが正直なところだ。

そして、今。

居候先の家主兼飼い――もとい雇い主である皓《しろし》少年と二人、駅前まで迎えに現れた黒塗りの高級セダンに揺られているわけだが、現在地は長野県北部に広がる山岳の麓《ふもと》と言われても、地図上のどの辺りなのかさっぱり見当がつかなかった。

（いやけど、正直、ロケーションが悪すぎるせいもあるよな）

車窓を見やって、げんなりとため息ひとつ。

車二台がぎりぎりすれ違える幅しかない山道は、尖《とが》った枝の先をのばした木々に絶え間なく車窓を引っかかれ、さらに今、ただでさえ見通しの悪いその視界から徐々に色が失われつつあった。

――霧だ。

(これから雨男と合流するわけだから、雨とか雪とかは覚悟してたけど)

なるほどこうくるか、といっそ感心してしまう。

天気予報によると、秋雨前線によって湿度が上がっていたところに、今季一番の冷えこみが重なって、全国各地で濃霧注意報が発表されているらしい。

十月――秋の長雨《ながさめ》、という言葉の通り、雨や霧に悩まされがちな季節だ。

どこからともなく流れだした霧に色をうばわれた視界は、墨の濃淡でえがかれた水墨画のようで、日没までまだ間があるはずなのに、すでに辺りは夜の暗さだ。

が、それ以上に暗く沈んでいるのが、車内の空気だった。

(最寄り駅から送迎を手配するとは聞いてたけど、まさか運転手が篁《たかむら》さんだなんて)

ちら、と運転席を盗み見れば、泰然とステアリングを握った長身の後ろ姿がある。相変わらず執事風の装いで、長い黒髪を首の後ろで結び、三つ揃いの高級スーツを着こなした姿は、もとは衣冠姿の平安《へいあん》貴族とは信じられない伊達男《だておとこ》っぷりだ。

……いや、平安生まれの御仁が、意気揚々と黒塗り高級車でドライブ中という時点で信じるもくそもないが。

が、何よりもまず問題なのは――。

（ええと、皓さんは――って、うわ、ぶっさ！）

隣のシートに座った皓少年を見ると、渾身《こんしん》のジト目で車窓をにらんでいた。乗車してからずっとこんな調子で、人馴れしない野良猫並みの警戒心バリバリモードだ。

もっとも、これまでの経緯を考えれば「お待たせしました」と篁さんが現れた時点で回れ右しなかっただけマシかもしれないけれど。

（それに、たぶんあの目のことも原因のひとつなんだよな）

そう、目だ。篁さんの右目をおおった黒色の眼帯。

すわコスプレか、まさかの中二病発症か、と戦々恐々としつつも「ものもらいですか？」と訊《たず》ねると「実は貸し出し中でして」と謎の返答ではぐらかされてしまった。

「えっと……結局、あの眼帯って何なんですかね？」

コソッと皓少年の耳元に顔を寄せて訊ねると、

「さて、なんとなく見当はつきますが、あまり愉快な話じゃないのは確かですね。ただ、もうすぐ嫌でもわかると思いますよ」

そんな声が返ってきた直後、タイヤが小石を踏んだのか、ガタン、と車体がはねた。

と、白い霧のベールの破れ目から、道沿いにひっそりと佇《たたず》む標識の文字が見えた。

――危険進入禁止。

え、と思わず声が出る。

と、その途端、唐突に――幕が上がるようにして一気に前方の視界が開けた。

「そろそろ到着ですから」
皓少年が指さした先——暗色の濃淡でできた森の果てに現れた景色は、視界におさまるにはあまりに巨大な一枚の静止画のようで、世界の果てそのものにも見えた。

＊

——遡《さかのぼ》れば一ヶ月前。


「皆さん、お待ちかねのご様子ですので、早速、本題に入らせていただきます」

集まった面子《メンツ》をぐるりと一渡り見回して、篁さんはそう切り出した。

場所は、横浜《よこはま》港を一望するホテルの応接間つきスイートルーム。そして、ほとんど騙《だま》し討ちのように集められた四人——青児と皓少年、そしてイギリスから帰国させられたらしい棘《おどろ》と荊《いばら》——は、篁さんの案内によって最上階のラウンジバーから、階下のこの一室に移動したばかりだった。

まず窓辺に荊と棘、反対側に青児と皓少年——と篁さんを半円状に取り囲むような配置だが、正直に言えば、みんな揃って篁さんを遠巻きにしようとした結果の気もする。

「殺人事件の調査依頼——と聞きましたが。それも私が適任とされる事件だと」

いかにも渋々切りこんだのは、荊の背後で壁にもたれて腕組みをした棘だった。それにあっさり頷《うなず》き返した篁さんは、低音の弦楽器を連想させるバリトンボイスで、

「皆さんに依頼したいのは、今年一月、ある作家の身に起きた不審死事件です。溝呂木《みぞろぎ》佑児《ゆうじ》。ゴシック風の恐怖小説や詩集を発表していた怪奇小説家ですが、一部の愛好家にはカルト的な人気を博《はく》したものの、文筆業で身を立てていたというよりは、資産家だった養家に生計を依存していたようですね」

ふむ、養家——ということは、誰かと養子縁組していたのだろうか。

「養母の名は、溝呂木伊都《いと》。聖カテリーナ女学院——良家の子女が集う伝統校の、元理事長です。もともと佑児さんは系属校の学業優秀奨学生だったそうで、彼が十八歳の時に、学費や生活費の一切を請け負う約束で養子縁組しています。同時に佑児さんは、伊都さんの一人娘で、当時十歳だった澄玲《すみれ》さんと婚約していますね」

……ふ、普通に犯罪では？

「いえ、いわゆる許嫁《いいなずけ》ですので、法的な手続きを経ることのない口約束の場合、年齢的な制約は存在しないんですよ」

心の声が丸聞こえだったのか、わざわざ青児の方を向いて解説してくれた。さすがの地獄耳——と言いたいところだが、まさか顔に全部出ていたりしないだろうか。

「澄玲さんには先天性の心疾患があり、さらに庇護者である伊都さんが天涯孤独の身の上であることに加え、夫の不貞が原因で離婚していることから、病気への理解のある献身的な伴侶《はんりょ》を求めたのかもしれません。が、十六歳で佑児さんと結婚した澄玲さんは、二十七歳の若さで病死し、佑児さんもまた五十一歳で亡くなりました。死因は、澄玲さんと同じ急性心不全です」

「死因に不審な点は？」

そう棘に問われた篁さんは、肯定とも否定ともつかない微笑を返して、

「体内外に他殺を疑わせる痕跡《こんせき》は皆無でした。遺体に外傷はなく、薬物も検出されなかったようです。もともと佑児さんは、澄玲さんを亡くしてからというもの、都内の豪邸を引き払って、養母の伊都さんとともに隠棲《いんせい》し、酒浸りの生活を送っていたそうですから。つねに血色の悪い顔をして、たびたび神経衰弱の発作を起こしていたとのことで」

ただ——と続けた篁さんは、懐に手を差し入れながら、

「検視をした医師の証言では、世にも恐ろしい化け物を目にした顔で息絶えていたと」

その言葉で、ぞわっと首筋の産毛が逆立つのを感じた。

と、居並ぶ面々に向かって一枚の紙片が広げられる。どうやら洋書の一ページを破り取ったらしいそれには、読み手の不安をかきたてるような歪《いびつ》に震える筆跡で——。

ついに恐れていたことが起こってしまった。黒猫が生き返ったのだ。

死んだはずの黒猫が、この最果ての地に帰ってきた。おそらくは復讐《ふくしゅう》のために。それとも、この手で斧《おの》を振り下ろした彼女とは、別の存在なのだろうか。どちらにせよ、私は確かめなければならない——再び彼女がこの獄舎に現れた、その理由を。

はて、獄舎？　黒猫？――と青児が首をひねっていると、

「……なるほど、ポーの〈黒猫〉だ」

ぽつりと呟《つぶや》いたのは荊だった。亡霊の囁《ささや》きにも似た、吐息と区別のつかない声で。

……はて、ポーとは？

「亡くなった佑児さんの上着のポケットから発見されたものです。もともと佑児さんには、思いついた言葉をつど書きとめる癖があったそうで。ただし警察の見解では、小説の下書きか、あるいは心筋梗塞《こうそく》の前兆としての、せん妄の症状によるものだろうと」

「なるほど、事情はわかりました――が、どうもわかりませんね」

切って捨てるように言った棘の声には、底に苛立《いらだ》ちが滲《にじ》んでいた。トントン、と腕組みした肘《ひじ》を人差し指で叩《たた》きながら、

「たしかに警察が介入済みである以上、私向きの事件ではあるのでしょう――が、それだけです。私たち二人をロンドンから呼び寄せる必要はどこにもなかった。それこそアナタ方の子飼いであるそこの腹黒や、馬鹿犬の二人で事足りたはずです」

よっしゃ、ボス。あの口の悪いスカシ野郎をガブッと躾《しつ》けてやってください。

と皓少年に鵺《ぬえ》を召喚してもらいたいのは山々だが、代わりに青児が「髪の毛さびしくなーれ」と呪いの念を送っていると、

「ええ、ですが実は、閻魔《えんま》庁と魔王ぬらりひょん様に対して、いささか不穏なタレコミがありまして――」

困ったように眉尻《まゆじり》を下げた篁さんに、その場に集められた探偵全員が、三者三様に沈黙した。そして、篁さんの話がそこで終わったことを悟ると、

「……まさか話す気はないと？」

威嚇のうなり声にも似た低音で、皓少年がそう訊《き》いた。と、鉄壁の微笑を顔に張りつけた篁さんは、殺気立った狼の群れをなだめる顔つきで一同を見渡して、

「実は来月、事件現場となった溝呂木邸で、ちょっとした集まりがあるそうです。皆さんには、そこで事件の捜査を進めながら、ついでに囮《おとり》役も兼ねていただきたい――というのが、魔王ぬらりひょん様と閻魔庁共通の見解でして。なので、現時点では、皆さんのお耳に入れない方がいいのではないかと」

言わぬが花、聞かぬが花――知らぬが仏、ということらしい。

同時に青児は、自分を含めた四人全員の心の声が一つに重なったのを感じた。

――地獄に堕《お》ちろ。

＊

そして今。

溝呂木邸へと向かう車を迎えたのは、世界の果てにも似た光景だった。

湿原――という一言で片づけるには、あまりに異様な景色だ。どこまでも平らに広が

る灰色の地平線と、空一面の雨雲。隅から隅まで暗い色調の絵の具で塗られたような視界には、まっすぐな一本の道路が一点透視図法の見本のようにのびている。

拓《ひら》けているのに、閉ざされている。そんな相反する印象を同時に与える景色には、動くもの——いや、生きているものの気配は何もなく、何かが致命的に終わってしまった後の世界にも見えた。

——最果ての地だ。

「ええ、本当に。とは言え、あちこちに灌木《かんぼく》の茂みがありますし、岩陰なんかに秋の草花が咲いているのを見ると、不毛の地と呼ぶにはそれなりに植生も豊かそうですね」

「……すみません、俺、今声に出しましたっけ？」

「ふふ、ぜんぶ顔に書いてありましたので、ついつい」

ですよねー、とうなだれた青児が、よしよし、と頭を撫《な》でようとする皓少年の手を真剣白刃取りの要領で阻止しようとしていると、

「お取りこみ中恐縮ですが、一度この辺りで車を停めて下りてみましょうか。約束の時刻まで間がありますし」

そんな篁さんの声とともに車が停止した。

いえいえおかまいなく、と断りを入れる間もなく、さっと車を下りた篁さんが、恭しい手つきで後部座席のドアを開ける。そして、再び不機嫌ハリネズミと化した皓少年と二人で車の外に出てみると、

「さっむ、なんですかこれ、さっむ！」

ぶるっと背筋が震え、吐いた息が白くなった。気を抜くとガチガチと奥歯が鳴り出しそうだ。今季一番の冷えこみとは言え、十月としては異例の寒さだろう。

と、篁さんの背後に回れば、ちょうどいい風よけになることに気づいた青児が、これ幸いとポジション取りをしつつ、皓少年を手招きしていると、

な――あおおお。

音、が聞こえた。いや、声だろうか。

赤ん坊の泣くような、あるいは獣の哭《な》くような。不吉な抑揚を帯びたそれは、湿原を渡る風音だった。苦しげに、哀しげに、長く尾を引いて鼓膜を震わせる。

途端、その音が何に似ているか気がついた。

――猫の鳴く声だ。

「い、今のって」

「風音ですね。この辺りでは、風向きによって、たまにあんな音が聞こえるんだそうです。それにしたって想像以上の不気味さですが」

と、例によって〈紅子《べにこ》さん調べ〉らしい情報を披露した皓少年が、ふと猫のように目をすがめた。そして、すいっと人差し指を持ち上げて、

「ただ、僕らが目指す場所は、それ以上に見えますね——あれが〈獄舎〉ですよ」

「え」

指さした先——まっすぐな一本道の果てには、灰褐色をした陰気な丘があった。

何もない、と思った矢先に、それに気づく。

苔《こけ》むした堅牢《けんろう》な塀に囲まれ、黒っぽい石造りの外壁をさらしたその建物は、灰色の毛布の塊にうずくまった一匹の黒い獣に見えた——腐敗して黒ずんだ猫の死骸《しがい》のように。

「もとは大正《たいしょう》期に建てられた民間病院だそうです。熱心な篤志家《とくしか》であり、聖カテリーナ女学院の創立者である伊都さんの祖父が資金源とのことで」

「え、民間……って、まさか病院なんですか?」

「表向きは篤志病院ですね。つまり医療奉仕のための慈善施設として、さまざまな事情から行き場を失った病人に入院治療を施すことが目的だったそうです——が」

「が?」

「どうも悪い噂が絶えなかったようで。当時の話では、政治家や財界人から大口の寄付金をつのって、彼らにとって〈都合の悪い存在〉を閉じこめていたそうです」

なるほど——まさに監獄だ。

「終戦を待たずに閉鎖されたそうですが、そもそも立地からして非人道的ですね。これほど拓けた土地だと、脱走しても一目でバレてしまいますし、この辺りには底なし沼があるそうですから、霧や夜闇にまぎれて逃げようとすれば、たちまちその餌食《えじき》ですね」

「そ、底なし沼って――」

ぶるっと身震いした青児の背中を、ぽんぽん、と皓少年の手が叩いて、

「まあ、底なし沼というのは誇大表現ですね。ただ、秋の長雨の降るこの時期には深さ三メートル近くになるそうですから、人が沈むには充分でしょう」

「え、えーと、さすがに昼間は大丈夫ですよね？」

「ふふ、さてどうでしょう。聞いた話だと、ミズゴケの塊で水面が覆い隠されているそうですから、うっかり踏み抜くこともあるかもしれません――まあ、僕らの場合、それより危険なものが近くにひそんでいる可能性もありますが」

にわかに声のトーンが落ちた。肩越しに見返った皓少年の視線の先には、車に背中を預けるようにして二人を見守っている篁さんの姿がある。

　と、青児もまた声のボリュームを落として、

「……危険、ですかね？」

「正直に言ってわかりません。ただ、今この場に篁さんがいること自体、不自然といえば不自然ですね」

「というと？」

「魔王ぬらりひょんに生け捕りにされた――という、そもそもの経緯からして違和感があります。もしも篁さんが本気で逃げ隠れしようと思ったら、誰にも捜し出せるはずがないんです。現に青い幻燈号《げんとうごう》から下車して後、あれほど閻魔庁が血眼になって捜索した

にもかかわらず、見事に逃げおおせたわけですから」

「え、じゃあ、わざと捕まったってことですか？」

　思わず声のトーンを上げてしまった青児に、柔らかに眉尻を下げた皓少年は、しかし眼差《まなざ》しの険しさをゆるめないまま、小さく肩をすくめてみせて、

「何にせよ、腹に一物《いちもつ》あるのは確かだと思いますが、今の時点では打つ手なしなのも確かですね」

　……うむ、控えめに言って「帰りたい」の一言に尽きる。

（それでも――やっぱり、篁さんは篁さんにしか思えないんだよな）

　そう思ってしまうのは、皓少年を見守る目が優しすぎるせいかもしれない。すべて見せかけだと言ってしまえば、そうなのかもしれないけれど。

　そして。

「そろそろ行きましょうか」

　篁さんにうながされて車内に戻り、じりじりと霧に追い立てられつつ進むと、やがて仰々しい錬鉄の門が現れた。どうやら獄舎――もとい溝呂木邸に到着したらしい。

　半分だけ開け放しになった門をくぐると、ならした土に砂利を撒《ま》いた広場のような場所に、先客のものらしき車が二台あった。一台は七人乗りのワンボックスカー。もう一台は、イギリス車のアストンマーティンだ。おそらく後者は棘と荊のものだろう。

　そうして後部座席から降りた二人が、おっかなびっくりイギリス車に近づくと、

「『わ』ナンバーだったりしたら面白いかと思ったんですけど、普通に新車ですね」

「さて、坊主憎けりゃ袈裟《けさ》まで憎いとも言いますが、どうも無性に目障りですねえ」

「……帰りがけに十円玉で傷とかつけます？」

「聞こえてますが」

背後から飛んできた声は棘のものだった。

見ると、広場の奥からのびた石段の先に、黒い鉄の二枚扉がある。正面玄関だ。

そして、片側の一枚に背中を預けて腕組みした棘が、青児たち二人を見下ろしている。

うむ、控えめに言って、不法投棄されたゴミを見る目だ。

……それはそれとして、さては壁によりかかって腕組むの好きだな？

「お待たせしてしまったようで恐縮です」

「いえ、今出てきたところですので」

慇懃《いんぎん》に言った篁さんに、鼻から溜息《ためいき》を吐いた棘が、扉から離れて石段を下りた。器用に青児たち二人を視界からしめ出しつつ、篁さんに向き直ると、

「結論から言うと、今夜、この場所で懇親会があるそうです。招待客は四人。いずれも佑児氏から見れば、実兄弟の娘や息子――つまりは姪《めい》、甥《おい》ですね」

「承知しました。我々が立ち入る許可は下りそうですか？」

「さて、とっくにご存知でしょうが、招待客の一人と面識がありましたので、無理やり押し通しました。なので、今夜一晩、泊りがけで調査を」

はて、知り合いというと。

内心首を傾げていると、どうやら顔に出ていたようで、

「白水蒼汰《しらみずそうた》巡査、二十七歳。警視庁捜査一課の若手刑事です。もっとも一課に配属されて二年足らずですので、顔見知りといった程度ですが」

無《む》駄《だ》吠《ぼ》えをする犬をにらむ目で凄《すご》まれてしまった。

と、傍らに立った皓少年が、ぽつり、と独り言を呟くように口を開いて、

「ただ、この様子ですと、どのみち引き返すのは無理そうですね」

「え……って、うわ、いつの間に」

その視線を追って振り向いた青児は、思わず驚き声を上げてしまった。

——白い闇だ。

いつの間にか霧に追いつかれていたらしい。視界がきくのは足元だけで、ほんの数メートル先も、これまで見たことのないような濃霧に呑《の》みこまれてしまっている。

一見した印象は、のっぺりした白い一枚板だった。が、目を凝らすと、むせかえるほどの湿気をはらんだ霧のベールが、激しくうねりながら流動しているのが見てとれる。

「えっと……これって、車で引き返そうとしたら、確実に道に迷いますよね？」

「ええ、十中八九、底なし沼にまっしぐらですね。車中泊するにしても、おそらく今夜は氷点下まで冷えこみますから、凍死や一酸化炭素中毒の危険性を考えれば、泊めていただくより他ないんじゃないかと」

「な、なるほど」

……なんとなく、台風のドサクサにまぎれて長崎の孤島に乗りこんだ日のことを思い出したけれど、まさか今回も織りこみ済みだったりしないだろうか。

と、ガチャ、と音がした。

顔を向けると、いつの間にかアストンマーティンの後方に回った棘が、トランクからスーツケースとボストンバッグを引っ張り出しているところだった。

当然のように二人分なのを見て、うっかり仲間意識が芽生えかけたものの、「やっぱり呪っとくか」と思い直して、帽子の下辺りを呪詛《じゅそ》していると、

「……あれ？」

ガチャ、と音がして、今度は助手席のドアが開いた。

——荊だ。

窓にスモークフィルムが貼られているせいで気づかなかったけれど、どうやら棘が交渉をしている間中、車内で待機していたらしい。

それはそうと。

（……なんか変だな）

ふと違和感を覚えて青児はパチリと瞬《まばた》きした。一拍遅れて、その原因に思い至る。

——目、だ。

蒼白《あおじろ》い肌をひきつらせた火傷《やけど》の痕《あと》や、前髪で隠された右目はそのままなのに、露《あら》わに

なった左目が、本来の色と形を取り戻している。双子の弟である棘と同じ、琥珀色《こはくいろ》だ。

「え、な、なんで」

絶対におかしい。一ヶ月前、横浜のホテルで再会した時には、青い幻燈号で失明した時のまま、白く濁っていたはずなのに。

と、脳裏に閃《ひらめ》いた記憶とともに、背筋に薄ら寒い悪寒が這い上るのを感じた。篁さんの右目をおおった黒色の眼帯。そして〈実は貸し出し中でして〉という意味深な台詞《せりふ》。

まさか、とうめいた青児に、皓少年が苦々しく頷き返して、

「ええ、そのまさかですね。人ならざる力をもつ者にとって、目と耳と手は、時に貸し借り可能なものなんですよ。たとえば江戸《えど》時代に奇談を聞き書きした〈耳嚢《みみぶくろ》〉にも〈怪僧墨蹟の事〉と題して、見知らぬ僧に手を貸す話が伝わってますが、おそらく篁さんは今、荊さんに目を貸した結果、片目が見えない状態なんじゃないかと」

低く抑えられた声は、意外なほど平坦《へいたん》だった。けれど、だからこそ底に押しこめられた感情をまざまざと感じさせる。苛立《いらだ》ちと——怒りだ。

そんな、と思わずうめく。が、それ以上、かける言葉を見つけられずにいると、

なあ——あおおお。

また——猫が鳴いた。

湿原を風が渡る。姿の見えない獣が、白い闇の向こうで咆哮《ほうこう》を上げたように。直後に青児は、琥珀に光る荊の目がこちらを見ているのに気がついた。

死者にも似て色のない唇が、わずかに歪《ゆが》む。

嗤《わら》ったのだ——と悟ったその時、音もなく動いた唇が、なあお、と鳴いた。

——まるで黒猫のように。

*

荷物を手に扉をくぐると、明暗差で一瞬、目がくらんだ。

——昏《くら》い。

石積みの壁に囲まれた玄関ホールは、二階分の高さの吹き抜けで、左右からのびた石段が合流する地点に、石造りのバルコニーが張り出していた。

頭上では、蔓《つる》のように湾曲したシャンデリアが、放射状に腕木《うでぎ》をのばしている。が、その先の天井は、真っ暗な闇に呑まれてしまっていた。

(昏すぎるっていうか……なんかこう、出そう、な感じなんだよな)

そう胸のうちで独りごちた時だった。

——ボーン、ボーン、と。

　突然聞こえてきた鐘の音に、ぎょっと青児は飛び上がった。

　顔を向けると、北側の壁――バルコニー下に、仰々しい見た目の二枚扉があって、その傍らに背の高いホール・クロックが佇《たたず》んでいる。鐘の音が四つ――午後四時だ。と、視界の端で、すっと動いたものがあった。見ると、玄関扉横の壁にガラス扉つきの本棚がすえられ、猫のような静けさで歩み寄った荊が、中の背表紙を覗《のぞ》きこんでいる。宗教書ばかりに見えるけれど、気になる本でもあるのだろうか。

（そう言えば、凜堂《りんどう》探偵社も壁一面本だらけだったよな）

　それこそ皓少年の書斎のように。たしか事務所の設計に携わったのは荊一人だと言っていたから、皓少年に負けず劣らず、けっこうな読書家なのかもしれない。となると、失明――という状況は、青児の思う以上につらいことだったのではないだろうか。

　と考えたところで、あることに気がついた。

「あれ？　本棚の横にもう一つ時計が……あ、こっちは止まってるんですね」

　本棚の陰に隠れるようにして、もう一台。こちらは縦に長い箱型の壁掛け時計だ。円い琺瑯《ほうろう》の文字盤の上に、ローマ数字のⅠからⅫまでの数字が環状に並んで、長短の針が十一時を示したまま止まっている。故障しているのだろうか。

「スリゲル型の振り子時計ですね。文字盤の商標を見るに、明治《めいじ》から大正に製造されたものだと思います。おそらく病院として開業していた当時からあるんじゃないかと」

「はあ、なるほど……けど、どうして同じ場所に二台も」

「ホール・クロックの方は、比較的新しいもののようですから、壁掛け時計が動かなくなってから置かれたものではないかと。スリゲル型は、かつて高級時計の代名詞でしたから、捨てるにしのびなかったんでしょうね」

なるほど、言われてみると、百年いつも動いていたご自慢の時計っぽい感じだ――としみじみ青児が感じ入っていると、

「勘弁してくださいよ、本当に！」

頭上のバルコニーから、泣きの入った叫び声が聞こえてきた。

「今どきアポなし訪問ダメ絶対なんて、新卒でも知ってる常識じゃないですか！　そりゃあ僕も、棘さんが非常識やろ……ゲホ、もとい型破りの御仁だってことは知ってますよ！　それこそ骨身に沁《し》みて！　けれど今度ばっかりは……って」

やがてバルコニーの手すりの向こうに現れたのは、二十代後半の青年だった。いかにも好青年風な印象のジャケットに丸首ニット。抜かりなくセットされた髪型も、青児の万年寝癖パーマとは一線を画したモテ仕様のショートレイヤーだ。

案の定、抗議している相手は棘だった。右から左に聞き流しているのが一目でわかる完全に他人事《ひとごと》の顔つきだが、どうも顔見知り同士なのは確からしい。

となると。

（えーと、じゃあ、この人が警視庁捜査一課の）

見えない、の一言に尽きる。

しかし、同じく元警視庁捜査一課刑事だという鳥栖《とす》青年――正体は、外見年齢詐欺常習犯の三十路《みそじ》男だ――も、深夜にネットカフェにいただけで補導されそうな童顔ぶりなので、人は見かけによらないのかもしれない。

と、階下の青児たちを見下ろした白水青年が、ギギギ、と首から軋《きし》みが聞こえてきそうな動きで棘を振り返って、

「えっと……もしもし棘さん？　双子のお兄さんが同行してるっていうのは聞いてますけど、残りの人たちは？」

「……さあ」

待てこらハゲ。

が、すかさず石段を駆け上った篁さんが、懐から薄い金の名刺ケースを取り出して、

「大変失礼いたしました。こういう者です」

深々と腰を折ってから、マナー講師顔負けの堂に入った動作で、中の一枚を白水青年に向かって差し出した。

「ご都合を考えずに押しかけて申し訳ありません。凜堂棘さんと同じ依頼主から相談を受けました、心霊研究家の小野《おの》と申します。亡くなった佑児さんは、死に際に不可解なメモを遺《のこ》されたそうで、ひょっとして我々の知識と経験がお役に立つのではないかと」

滔々《とうとう》とうそぶく篁さんに対し、白水青年は受け取った名刺をまじまじと見つめて、

「はあ、心霊現象研究所……えーと、じゃあ、アナタが心霊研究家で、でもって着物姿

のあの子が、霊感少年とか霊媒とか、そういう感じですか？　それで、見るからに普通っぽいあの子が、雑用係のアシスタント、とか」

「おおむね仰《おっしゃ》る通りですね」

「ははあ、となると、その右目の眼帯も悪霊とかにやられちゃった系ですかね？」

「いえ、お恥ずかしながら、ただのものもらいで」

はてさて。

どうも付け合わせのポテトです、と悪態をついても許されそうな扱いではあるが、そんなことよりも、一体いつの間に篁さんはあんな名刺を――と青児が首をひねっていると、くいくいっと皓少年が上着のすそを引っ張って、

「たぶん数種類携帯してるんだと思いますよ。その場の状況に応じて肩書きを使い分けられるように。以前、閻魔庁から出張した際にも、別パターンの名刺を見てますので」

「で、デキる男は違いますね」

さすが社畜歴千年越え、と青児がしみじみ感じ入っていると、

「……あれ？」

叫び声が聞こえた――気がした。青児から向かって右手、玄関ホールから東西にのびた石造りの廊下の、東の方からだ。

「あの声……まさか」

言うが早いか、二段飛ばしで階段を駆け下りた白水青年に続いて、慌てて青児たちも

後を追った。そうして東にのびた廊下の、隙間から灯りのもれる扉の中に飛びこむと、

「――え？」

室内の光景を目にした瞬間、そんな素《す》っ頓狂《とんきょう》な声が出た。

中は書斎のようだった。右手の壁一面が造りつけの書架で覆われた空間は、反対側の壁に石の暖炉がしつらえられている。

傍らには、先ほど玄関ホールで見かけたのと同じ、宗教に関する本が並んだガラス扉つきの書棚。その手前に赤ビロードの長椅子が二脚、向かいあうように置かれている。

そして、玄関ホールから駆けつけた面々の、その視線の先には――。

「……猫？」

猫が――いた。

まじりっけなしの真っ黒な毛並に、金色の瞳《ひとみ》のペルシャ猫だ。長椅子にちょこんと座った姿は、普通の猫よりも一回り大きく、小型犬ほどの存在感がある。

――が。

（ただの猫……だよな？）

オカルト的にアレな感じは一切しない。むしろ周りのギャラリーをガン無視して、せっせと毛繕いを始めたところを見ると、かなり人馴《ひとな》れしている――という以上に、そうとう図太い性格ではないだろうか。

なのに。

「なんで……なんでまた黒猫がいるんだよ！　お、おかしいだろ！」

震える声で口走ったのは、床に尻餅《しりもち》をついた男性だった。

穿《は》き古したジーンズに黒一色のパーカー。削《そ》ぎ落としたように頬がやつれて、指紋でくもった眼鏡のレンズ越しに、不健康な隈《くま》が浮いているのが見てとれる。

大きく見開かれた目に宿っているのは——恐怖、だろうか。

(えーと、黒猫から後ずさりして逃げようとしたところで、体のバランスを崩してひっくり返った——って感じなのかな)

先ほど聞いた叫び声は、どうやらその時のものらしい。しかし、どうしてこれほど黒猫に怯《おび》えているのかわからない青児が、かける言葉を失って固まっていると、

「くそ、どっか行けよ、この！」

言うが早いか、ジーンズの尻《しり》ポケットからスマホを引き抜いた青年が、あろうことか黒猫めがけて投げつけようとした。

が、止めようと反射的に手をのばした、その直後に。

「——失敬。手元が狂いまして」

ビクッと青年の動きが止まった。同時に、ヒュ、と息を呑《の》む音。いつの間にか移動した棘が、喉元《のどもと》にステッキを突きつけたのだ。

が、数秒後——あっさりステッキを下ろすと、何事もなかったような足取りで、つかつかと長椅子に歩み寄って、

「ふむ、失敬」

そう黒猫に向かって断りを入れつつ、ひょいっと両手で抱き上げた。

「さて、十中八九、飼い猫ですね。さほど痩《や》せてもいませんし、足の裏も汚れてません。となると――」

が、言い終わらないうちに。

肉球チェックがお気に召さなかったのか、うねうねと腕の中で暴れ出した黒猫が、ストン、と床に着地して、トトト、と暖炉の方に逃げてしまった。

……うむ、どんまい。

さすがに同情した青児が、憮然《ぶぜん》と腕組みした棘を心の中で励ましていると、

「な、何なんだよ、アンタ。いきなりそんな棒きれで脅して。つ、通報するからな！」

唾《つば》を飛ばしてわめく声は、甲高く裏返ってしまっていた。

自分の声に煽《あお》られるように激昂《げっこう》していくものの、いまいち迫力に欠けるというか、癇《かん》癪《しゃく》を起こした子供が地団太を踏んでいるようにも感じられる。

と、これまで黙っていた白水青年が、コホン、と小さく咳払《せきばら》いして、

「あー、あのさ、糸《い》魚《と》川《かわ》くん。知ってるかもしれないけど、この辺りは圏外なんだよね。通報するんなら、伊都さんの衛星携帯電話を借りるしか――」

「うるさいな、わかってるんだよ、そんなことは！」

ドン、と鈍い音がした。

スニーカーの靴底を振り上げた糸魚川青年が、長椅子の脚を蹴《け》りつけたのだ。

(い、今のって蹴った足の方も痛かったんじゃ)

何より、圏外——と聞くだけで背筋が粟立つのは、奥飛騨《おくひだ》で起こった事件や青い幻燈号での一夜を思い出してしまうせいだろうか。

と、ひょいっと肩をすくめた白水青年が、頬の片側だけで苦笑して、

「そりゃ悪うございましたね。じゃあ、こっちも知ってるかな。この人は凜堂棘っていってね、かれこれ五年間、捜査一課《そういち》に協力してきた犯罪捜査の専門家で——」

え、と思わず目をみはってしまった。

糸魚川青年に起きた表情の変化が、あまりに劇的だったからだ。激しい狼狽で両目をいっぱいに見開き、傍目《はため》にもわかるほど体を震わせながら、

「……う、嘘だろ、よりによって、なんでこんな」

喘《あえ》ぐようにうめきつつ、じりじりと後ずさりして——長椅子に足をひっかけて転びそうになりながらも、悪態とともにバランスを立て直し、そのまま扉まで後退していく。

怯えているのだ——黒猫と同じように。

「くそっ！」

ドン、と最後にもう一度、スニーカーの底が扉を蹴った。それきり廊下に飛び出して、足音も荒々しく走り去ってしまう。何がなんだか、というのが正直なところだ。

と、その時。

「……やっぱりなあ」

ぽつり、と小さな呟《つぶや》きが落ちた。白水青年だ。一瞬、ひやりと背筋に冷たいものが走るほどの、嫌悪と怒りをこめて。が、一転おどけたように肩をすくめてみせると、お手上げ、と言わんばかりにホールドアップして、

「どうもすみません、糸魚川浩平《こうへい》っていう同い年の従兄弟《いとこ》なんですけど、高校中退してから色々こじらせたらしくて、ずっとあんな感じで」

「ふむ。ふだんから従兄弟同士で交流を？」

「いや、全っ然。糸魚川に限っては、法事にも顔を出しませんからね。後の二人は一《いち》ノ瀬《せ》白帆《あきほ》と末広円花《すえひろまどか》って言って、こっちも僕と同い年なんですけど、僕がレンタカー屋でワゴン車を借りて乗せてきたってのに、全員揃ってろくに感謝の言葉もないんですよ。むしろひとっ言も口きかなくて」

アハハー、とげっそりした顔で笑った白水青年が、がっくりと肩を落としてうなだれた。う、うむ、相当やさぐれてらっしゃる。

と、ふむ、と片眉《かたまゆ》をはね上げた棘が、

「なんでまた黒猫がいるんだ。この言葉の意味も気になりますが、そもそもアナタ方にとってこの懇親会というのは――」

が、その言葉を途中で遮るように。

「おやおや、ふふっ」

場違いなほど朗らかな声がした。見ると、例によって一切空気を読まない皓少年が、でんっと暖炉の上に陣取った黒猫に、極上マッサージをほどこしている。

　くるしゅうない、とゴロゴロ喉《のど》を鳴らした黒猫は、糸のように目を細めて御満悦の体なものの、なぜか青児と目があった途端、フシャアッと威嚇されてしまった。

なぜ！

「ふふふ、猫と犬は相性が悪いって言いますからね」

「……なんで嬉《うれ》しそうなのか理由を訊《き》いてもいいですかね？」

　ぐるる、と唸《うな》りたい衝動をこらえつつ、よしよし、と頭を撫《な》でられていると、ふと皓少年が真顔になって、

「実は、ちょっと気づいたことがありまして」

「え、何です？」

「この黒猫なんですが、実は細い首輪をしてるんですよ。首周りの毛に埋もれてしまって気づきにくいんですが、真鍮《しんちゅう》のプレートが一枚さがってまして」

　が、言い終わらないうちに。

　ひょいっと二人の背後からのびた腕が黒猫を抱き上げた。抱き方が上手《うま》いのか、棘の時には釣りたてのマグロ化して暴れていた黒猫も、大人しく両腕におさまっている。

　——白水青年だ。

「ああ、なるほど、これか」

そう独りごちた白水青年の指先には、楕円形《だえんけい》のプレートがあった。真鍮製のそれには、よく見ると小さな活字が彫りこまれている。


欺《あざむ》くなかれ。

隠すなかれ。

偽《いつわ》るなかれ。

善き者として己を正し、正をもって邪《じゃ》を正すことを心せよ。


「えーと……何ですかね、これは」

困惑のまま口にした青児に、応《こた》えたのは白水青年だった。

「聖カテリーナ女学院の校則だよ。創立者である伊都さんの祖父の言葉だけどね。正をもって邪を正す。時に導き、時に罰し、それが不義であれ、愚昧《ぐまい》であれ、欲望であれ、怠惰であれ――教育者として、悪しき種を火の炉にくべるためにね」

感情の起伏のない声は、だからこそ冷ややかに耳に届いた。同時に、その手はずっと黒猫を撫で続けていた。慈しむように――何かを思い出すように。

そして、やおら居並ぶ一同を見渡すと、

「じゃあ、皆さんにご説明しますね。今夜、僕らが招かれた理由や、黒猫のことも」

＊

かくして。

ようやく書斎に現れた荊をまじえ、五人で白水青年の話を拝聴することとなった。

長椅子に腰かけた白水青年に対し、荊が選んだのはガラス扉つき本棚の近くにある肘《ひじ》掛け椅子で、当然のように棘もその背後の壁際へと移動している。

……やっぱり壁によりかかって腕組むの好きだな？

（それにしても、なんだか黒猫みたいだな）

荊だ。ぼんやりと明後日《あさって》の方向を見ているせいで、一見、この場の全員を無視しているように感じるけれど、身じろぎしないところを見ると話を聞く気はあるのだろう。

……たぶん。

「じゃあ、まずは黒猫の話をしましょうか」

そう切り出した白水青年の膝《ひざ》には黒猫がいた。ふわっと黒いドレスを広げるような香箱座りでご機嫌な様子だ。ただ、時折じろっとガンをつけるのはやめていただきたい。

「えーと、話せば長くなるんですが、実はこの辺り、いらなくなったゴミやペットなんかを捨てる穴場スポットと化してまして――ほら、湿原の手前に〈危険進入禁止〉の看板があったでしょ？　底なし沼に捨てれば後腐れないだろうっていう身勝手なドライバーがいて、湿原にペットを捨てていくんです。最悪なケースだと、認知症のおじいさんおばあさん、中には邪魔になった子供を置き去りにするケースもあって」

……うむ、捨てられる側の一人である青児としては、あまりにも惨《むご》い話だ。

「で、実は、今回みたいな招待って、僕たちにとっては二度目なんですね。今から十五年前——澄玲さんが亡くなった翌年にも、今回と同じ面子《メンツ》が招《よ》び集められてるんです。親戚《しんせき》のお泊り会ってヤツですけど、その時、コイツによく似た捨て猫を見つけて、大人に内緒で、こっそり四人で飼うことにしたんです。そしたら——」

そこで白水青年は言葉を切った。

遠い記憶をなぞるようにして黒猫の背中を撫でながら、

「佑児さんに見つかって殺されました。隠し事をした罰として、黒猫の首を手斧《ておの》ではねられて。悪い大人になったらお前たちもこうなるぞ——って脅しつきで」

言葉を失う、とはこのことだろう。想像するだけでトラウマものだ。悪さをした子供に罰を与えるにしても、とうてい許される所業ではないだろうに。

(じゃあ、もしかして)

先ほどの糸魚川青年の錯乱っぷりも、黒猫の存在が引き金になって、過去の記憶がよみがえったせいだったのだろうか。

と、しばし考えこむような沈黙の後、皓少年が口を開いて、

「では、佑児さんのメモにあった、復讐のためにこの獄舎に帰ってきた〈死んだはずの

黒猫〉――〈この手で斧《おの》を振り下ろした彼女〉とは、十五年前に死んだ黒猫を指したものだったんでしょうか」

訊《たず》ねられた白水青年は、うーん、と逡巡《しゅんじゅん》する顔つきで首をひねると、

「だと思います。少なくとも、ここに来るまではそう思ってました。いや、亡霊とかゾンビとかじゃなしに、幻覚や妄想に悩まされてたんじゃないかと。澄玲さんを亡くした後の佑児さんは、万年ノイローゼ状態だったわけですから」

けど、と言葉を継いだ白水青年は、そっと黒猫の喉を撫で上げて、

「ここに黒猫がいるってことは――ひょっとしたら、実在したのかもしれません。いえ、もちろん十五年前の黒猫とは別でしょうけど、もしも伊都さんがこっそり飼い始めた黒猫を、佑児さんが〈復讐のために生き返った存在〉だと思いこんだとしたら」

なるほど、たしかに。加えて、長年におよぶ飲酒癖で心臓が弱っていたところに、先ほどの糸魚川青年と同じような状況で、突然、黒猫と出くわしたとしたら。

「え、じゃあ、佑児さんが心不全で亡くなったのって――」

言いかけて、その先の言葉を呑みこむ。今目の前でゴロゴロ上機嫌に喉を鳴らしているこの黒猫が、誰かの死の原因なのだとしたら――あまりにやりきれない。

「いや、黒猫っていうよりも、むしろ犯人は飼い主の伊都さんなんじゃないかな」

と言った白水青年の声に、ひやりと冷たいものがまじった気がした。

相変わらず、その手はゆっくりと膝の上の黒猫を撫で続けている。その指先で光って

いるのは、例の校則が彫りこまれた真鍮製のプレートだ。

「こんな首輪をつけてるってことは、飼い主は伊都さんってことだからね。まあ、心不全までは予想してなかったとしても、あの人ならやりかねないな、と」

と、これまで沈黙していた棘が口をはさんで、

「では、伊都さんと佑児さんには、何らかの確執があったと？」

応《こた》えた白水青年は、唇を横に引きのばすように苦笑した。自嘲《じちょう》――にも見える。

「言いにくいんですけど……澄玲さんのことだと思います」

――いや、待った。

たしか澄玲さんは十六年前に病気で亡くなったはずじゃ。

「実は澄玲さんの死は、自殺じゃないかって噂があるんです。カトリックじゃ自殺は禁忌ですから、周りには病死を偽ったんじゃないかと。で、その原因が、夫の佑児さんにあったんじゃないかって話でして」

なるほど。それなら、佑児さんがアルコールに溺《おぼ》れたのも、都内の豪邸を引き払って辺境の地に移住した理由も納得できる――澄玲さんへの罪滅ぼしだ。

けれど、今度は皓少年が口をはさんで、

「澄玲さんが亡くなったのは十六年前。それからずっと、この最果ての地で、親子二人で暮してきたのだとしたら――復讐としては、今さら、に思えますね」

その言葉を聞いた白水青年の唇が、さらに曲がった。ひょっとすると頬が痙攣《けいれん》しただ

けかもしれないけれど。

「さあ、神のみぞ知る――いえ、この場合は、伊都さんのみぞ知る、ですね。まあ、それこそ、医師に余命宣告されたからってだけの話かもしれませんけど」

余命――と思わずオウム返しで訊ねてしまった。その言葉の不吉さに背筋が冷える。

と、白水青年は、ふう、と小さく息を吐いて、

「末期の肺癌だそうです。余命は一年。根っから嫌煙家な人なんですけどね。抗がん剤や放射線治療なんかは拒否して、緩和ケア専門のホスピス病棟に入るそうで、その前に相続人候補と顔合わせをするのが、今回の懇親会の趣旨だそうです」

ほお、と棘が喉《のど》を鳴らした。意外そうに。

「はてさて、アナタ方と伊都夫人の間には、相続権はおろか血縁関係すら存在しないはずですが？」

「ええ、けど、伊都さんは他に身寄りもないわけです。遺言状で相続人を指定しない限りは、国が全額没収ですからね。なので、今夜招待した四人の中から一人を選んで全財産を包括遺贈したい――と、そう聞いてます」

「ふむ、遺産総額は？」

棚からぼたもちどころの話ではない。空から小切手の紙吹雪とか、そんなレベルだ。

「ざっと三十億円だそうです」

……うむ、予想通り。想像を絶するという意味では、三億円も三十億円も三兆円も大

差ないのが正直なところだ。

と。

「さて、どうにも不可解ですね」

独白のように呟《つぶや》いた棘は、トントン、と腕組みした肘《ひじ》を人差し指で叩《たた》いて、

「アナタの仮説が正しければ、佑児さんを死に至らしめた犯人は、伊都夫人になります。それほど憎んだ人物の血縁者に遺産を渡そうとする動機はなんでしょうか」

「――罪滅ぼし、かもしれません」

それが白水青年の答えだった。

「佑児さんの死に対して後ろめたい気持ちがあるからこそ、その親族に遺産を渡すことで償いたいんじゃないかと――都合よく考えればそうなりますね。ま、正解か否か、僕には知るよしもありませんが」

と話をしめくくった白水青年は、広げた両手をパンと打ちあわせて、

「さて、そろそろ辛気《しんき》くさい話は終わりにして、この獄舎を一通り案内して回りましょうか。ついでに伊都さんにも挨拶《あいさつ》しましょう。いくら霧があんな状態でも家主に無断でくつろぐのはマズイですしね」

言うが早いか、ひょいっと黒猫を床に下ろして、背のびをしつつ立ち上がった。

が、つられたように青児たちも続こうとしたところで、

「――僕は残るよ。行っておいで」

そう言ったのは荊だった。相変わらず亡霊の囁《ささや》きに似た、しかし不思議とよく徹《とお》る声で。そして、言われた側である棘は、眉間に皺《しわ》を寄せた苛立《いらだ》ちと不信の顔つきで、

「——荊」

呼んだ。低く短く威嚇するように。

「ここで調査するなら私も残ります。アナタが何も企《たくら》んでいなければの話ですが」

「……図体《ずうたい》デカイのがいても邪魔なだけだろ」

「はっ、いくらヒールつきのブーツでも、その身長だと本棚の上までは届かな——」

急に棘の声が途切れた。どうやら尖《とが》ったブーツの先で向《むこ》う脛《ずね》を一撃されたようだ。

……うむ、今のはどっちもどっちだろう。

と、人でも喰《く》い殺しそうに獰猛《どうもう》な目つきで青筋を立てた棘に対し、手近な一冊を手元に引き寄せた荊は、すっと琥珀色《こはくいろ》の左目を細めて、

「それに、僕が本を読めるのは今だけだろ」

一瞬、棘の顔が歪《ゆが》んだ。

何かに耐えるように唇を結ぶと、感傷的になりそうな自分を抑えこむ顔つきで眉間に深い皺を刻む。そうして鼻から溜息《ためいき》を吐き出して、

「……わかりました」

短く応《こた》えつつ、一度かぶりをふった。そして、眼差しに険しさを取り戻すと、正面から荊に向き直って、

「ただし、くれぐれも軽挙は慎《つつし》んでください。言っても無駄だとは思いますが、この扉から外へは一歩も出ないように」

「……何様なのかな、お前は」

「弟ですよ、もちろん」

威嚇するように犬歯を剝《む》いて棘が言い放った直後、一撃目が向う脛に食いこんだ。

「……股間《こかん》を狙わないだけ温情なのかもしれませんね」

「というかいつか絶対グレますよね、アレは」

青児と皓少年がヒソヒソ言いあっていると、

「――わかった。約束する」

一瞬、耳を疑った。が、憤怒の形相から一転、虚をつかれたように瞬きしている棘の顔を見るに、空耳ではないのだろう。

一方、肝心の荊本人は、そんな弟の反応には頓着《とんちゃく》せず、本のページをめくり始めた。と、すかさず傍らに飛びのった黒猫が、ぐん、と山なりにのびをして丸くなる。馬鹿やめろ死亡フラグだぞ、とハラハラしたものの、追い払われないところを見ると、意外と猫には寛容なのかもしれない。

そんな一人と一匹を疑わしげに睨《にら》んでいた棘は、溜息を吐くように鼻を鳴らして、

「嘘ではない――ということにしておきましょうか」

言うや否や、大股《おおまた》で廊下へと歩き去ってしまった。続いて「脛に青痣《あおあざ》できてませ

ん？」とドン引き顔の白水青年。その後ろに篁さんが続く。

遅れて青児も扉をくぐろうとしたところで、

「へ？」

ちょいちょいっと皓少年に上着のすそを引っ張られてしまった。止まれ、の合図だ。

「ふふ、僕たちは別行動といきましょうか」

「え、何か気になるところとかあります？」

「いえ、たんにあの面子《メンツ》とこれ以上一緒にいたくないだけですね」

……そんな反抗期の中学生みたいな。

とは思ったものの、正直気持ちはわかるので、そのまま二人で別行動と相成った。

「さて、実は紅子さんが古い建築雑誌の記事をコピーしてくれまして」

パカパーンと皓少年が取り出したのは、白黒コピーされた平面図だった。

見ると、ほぼ正方形になった中庭を囲んで、それぞれコの字形をした二つの棟――北棟・南棟と呼ぶらしい――が回廊状に連結している。

今、青児たちがいるのは、正面玄関のある南棟で、東西にのびた廊下の東側には、応接室、院長室、事務室、治療室――と多彩な顔ぶれが揃っていた。平面図によると、先ほどいた書斎は、もとは書庫だったようだ。

皓少年と二人でぐるっと東翼を一巡《ひとめぐ》りする。が、施錠こそされていないものの、どこもかしこも調度品に白布がかけられ、引っ越し前のようにがらんとしていた。

玄関ホールの二枚扉を開けると、中は食堂だった。横長の空間には、石造りの暖炉と鉄格子の窓の前に、真っ白なクロスのかかったテーブルがすえられている。その隣には四角い調理台を囲むようにして、壁にフライパンや片手鍋《なべ》のぶら下がった厨房《ちゅうぼう》があった。平面図によると、その下に地下貯蔵庫があるらしい。

そして、そのすべてを一言で表すと――。

「ふむ。正直に言って、住み心地は最悪なように見えますねえ」

「えーと、不動産屋の内見だったら、回れ右して帰りたい感じですよね」

よほど換気が悪いのか、どこもかしこも黴臭《かびくさ》い空気が立ちこめている。その上、どの窓も鉄格子つきとあっては、吸血鬼よりもゾンビ向け物件だ。

「さて、窓が小さすぎる上に、数が少ないのが原因ですね。その上、どの窓も鉄格子つきとなると、まさに監獄です」

さて西翼は――というと、結果として東翼と似たり寄ったりだった。

ただし、廊下に沿ってずらりと並んだ扉のほとんどが物置や倉庫で、こちらは厳重に施錠されている。そして、建物の奥に向かって九十度に折れた廊下の、その曲がり角に、中庭に出るための格子窓つきの鉄扉がもうけられていた。

南京錠で施錠され、長い間手入れされていない様子の中庭は、のび放題の雑草に覆われ、見る影もなく荒れ果ててしまっている。

そして、突き当たりの曲がり角まで進んだところで、

「え」

思わず足が止まった。折れ曲がった廊下が数メートル先で行き止まりになっている。

――鉄格子だ。

おそらく北棟との連結部なのだろう。堅牢《けんろう》な鉄格子でできた隔壁には、中央に片開きの扉があって、重い閂《かんぬき》がかかっていた。よく見ると溶接されている。

行き止まりだ。

そして、その奥に――薄暗い廊下に沿って、同じ大きさをした鉄扉が左右に並んでいるのが見えた。目線の高さに鉄格子入りの覗《のぞ》き窓《まど》のついた――独房だ。

（ああ、そうか……本当に、人を閉じこめるための場所なんだ）

そう胸の内で独りごちた途端、ぞわっと毛穴の縮むような寒気を感じた。

平面図を見ると、北棟には〈一般病舎〉とある。が、脱獄対策ガチめの刑務所、というのが率直な印象だ。

と、不意に。

なあ――あおお。

また、猫が鳴いた。

その鳴き声――もとい風音を聞いた瞬間、思わず数センチ飛び上がってしまった。背筋を冷たいものが走り抜け、うなじの毛が軽く逆立つ。

まるで巨大な黒猫——いや、怪物の咆哮《ほうこう》だ。

「な、なんか聞いてるだけで襲われそうっていうか、鼠の気持ちでゾワゾワしますね」

「ふふ、僕としてはポーの〈黒猫〉を思い出しますけどね」

はて、ポーとは——と首をひねったところで、

〈……なるほど、ポーの黒猫だ〉

そう一ヶ月前に耳にした呟《つぶや》きを思い出した。荊だ。

「エドガー・アラン・ポーは、怪奇小説の名手として知られる十九世紀のアメリカ文学の作家ですね。推理小説の元祖《がんそ》とされる〈モルグ街の殺人〉など、世界的に有名な代表作は数ありますが、最も世界中で読まれているのが〈黒猫〉じゃないかと」

なるほど、言われてみると聞き覚えが……いや、やっぱりないな。

「えーと、どんな話ですか？」

「体裁としては、妻殺しの罪で絞首台送りになった一人の殺人者の告白ですね。かつて〈冥府の王《プルートー》〉と名づけた黒猫を可愛がっていた男は、酒に溺《おぼ》れて残忍凶暴な性格に変貌《へんぼう》し、黒猫の片目をえぐった挙句、ついには首に縄をかけて吊《つ》るしてしまうんです」

……うむ、すでに嫌な予感しかしない。

「その後、男は二匹目の黒猫を——プルートーそっくりの隻眼《せきがん》の黒猫を飼い始めるわけですが、その首元に絞首台の縄に似た模様を見出《みいだ》した末に、破滅と死の恐怖に怯《おび》えるよ

うになり、ついには黒猫に斧《おの》を振り上げます。が。誤って妻を殺してしまい、完全犯罪を目論《もくろ》んだ結果、その死体を地下室の壁に塗りこめるんですね……ふふ、そこから先の結末は、読んでからのお楽しみにしましょうか。実は文庫本も持ってきてますし」

「いえ、あの、今はちょっと読書環境的にバッチリすぎて洒落《しゃれ》にならないっていうか」

うっかり読んだ日には、それこそ悪夢でうなされそうだ。

(けど……なるほど、たしかにそっくりだ)

荊の口にした呟きの意味が、ようやくわかった気がした。

〈死んだはずの黒猫が、この最果ての地に帰ってきた。おそらくは復讐《ふくしゅう》のために〉

よみがえった二匹目の黒猫と、斧による斬殺《ざんさつ》。そして復讐。なるほど、荊が指していたのは、おそらくこの部分なのだろう。

が、いまいちわからないのは——。

「えーと、その小説の黒猫って、結局、正体は何なんですか?」

「黒猫とは何か、という問いは、後世の研究者にとって永遠の命題ですね。まず原題が〈The Black Cat〉——単数形であることを考えれば、黒猫として実在したのは一匹のみで、二匹目は亡霊や幻影、あるいは一匹目の生き返った姿と見なすこともできます」

「は、はあ、なるほど」

「いずれにせよ、不吉なものの象徴なのはたしかですね。作中でも〈悪魔の化身〉や〈魔女の変装〉と書かれてますが、猫という存在に〈冥府《めいふ》の使者〉としての性質を付与するのは、西洋でも東洋でも変わりありません。不死性をもった存在でありながら、死そのものの象徴でもあるわけです」

という皓少年の説明を遮るようにして、

「あ、いたいた。こんなところで何してるの、君たち」

そんな声と共に、曲がり角から白水青年が現れた。

「こら、団体行動を乱しておいて笑って片づけられるのは小学生までだろ。とくにそっちの寝癖頭の子。こういう時は、ちゃんと年上が引率しないと」

め、面目ない――としおしおとうなだれた青児に対し、すっと庇うように一歩前に出た皓少年が、しおらしく頭を下げて、

「すみません、僕が無理を言ったばっかりに。正直、他の三人の顔を見るのも嫌で」

「……反抗期なの？」

と、がりがり、と後ろ頭をかいた白水青年は、ふーっと息を吐き出して、

「まあ、結局、伊都さんには会えなくてね。ぐるっと一通り案内した後で、棘さんは書斎に戻ったよ。眼帯をつけた小野って人は、たぶん今頃、厨房じゃないかな」

「え、厨房？」

「実は今夜、ゲスト側が晩餐《ばんさん》の用意をする約束でね。ほら、招待主の伊都さんが重病人だからさ。その話をしたらシェフ役を買って出てくれて」

なるほど。たしかに篁さんなら「いえいえ、下手の横好きで」とか謙遜《けんそん》しながら、あ

っさりフランス料理のフルコースをふるまってくれたりするのだろう。

と、気を取り直すように背のびをした白水青年が、

「さてと、じゃあ、お巡りさんらしく迷子二人の道案内でもしようかな。さっき応接室に石油ストーブを運んでおいたから、晩餐の時間が来るまでそこで過ごすといいよ」

「あ、ありがとうございます！」

至れり尽くせりのもてなしっぷりに青児が感激していると、

な――あぉお。

また、猫が鳴いた。

そして、声に追い立てられるように歩き出した三人が角を曲がろうとしたところで、

「……あれ？」

足音の一つが止まった――白水青年だ。

振り向くと、放心したような顔があった。ぼんやりと――ではない。信じられない何かに思い当たったような、どこか怯えにも似た表情で。

「あ、あの……大丈夫ですか？」

おずおずと青児が訊《たず》ねると、我に返ったらしい白水青年が気恥ずかしげに瞬《まばた》きして、

「いや、ごめん。ちょっと思い出したことがあって」

そう前置きすると、

「佑児さんは、死に際のメモで〈死んだはずの黒猫〉のことを〈彼女〉って書いてたよね。〈この手で斧を振り下ろした彼女〉って。僕はそれを十五年前に佑児さんが首を切り落とした黒猫のことだと思ってたけど」

「え、違うんですか？」

ひと息、ためらうような沈黙があった。

そして白水青年は、夜の気配が忍び寄る薄闇の中、底の読めない薄笑いで、

「――あの黒猫は、牡猫《おすねこ》だったんだよ」

*

まだ――猫が鳴きやまない。

晩餐の始まりを迎えてもなお、獣が吠《ほ》え狂うのに似た風の唸《うな》りは止まないままだ。

結局、あれから白水青年とはろくに話もできないまま別れてしまい、青児と皓少年の二人は暖房のきいた応接室で晩餐までの暇潰《ひまつぶ》しと相成った。

そうして三目並べや絵しりとりをしながら迎えた、午後七時。

「おや、もう皆さんお揃いのようですね」

辿《たど》り着いた食堂には、先ほどと同じ真っ白なクロスのかかった晩餐のテーブルに、同

席者たちの姿があった。テーブルに鎮座した枝つき燭台《しょくだい》には、すでに蠟燭《ろうそく》の火がともされ、溶けだした蠟《ろう》が涙にも似た筋を垂らしている。

炎に浮かび上がった銀のカトラリーの数は八組。

上座に並べられた四組は、今夜の招待客である男女四人。残りの四組は、下座に陣取った凜堂兄弟に、青児と皓少年を加えた四人のものだ。

となると篁さんは、このまま給仕に徹するつもりなのだろうか。

（えーと、白水さん以外の相続人候補とは、まだろくに挨拶《あいさつ》もしてないわけだけど）

恐る恐る初対面の女性陣二人に目をやると、途端にぎろっとにらまれてしまった。暗めの色合いのパンツスーツをすらっと着こなした黒髪ストレートの長身の女性だ。手が震えている――ように見えるのは、緊張か、あるいは寒さのせいだろうか。

その隣のニットワンピース姿の小柄な女性は、ふわっとシュシュでまとめられた栗色の髪が優しげな印象なものの、蒼白《あおじろ》い顔をテーブルにうつむけたまま身じろぎしない。

糸魚川青年は――と見ると、貧乏ゆすりのように膝《ひざ》を揺らしてブツブツ独り言を呟《つぶや》いていた。導火線の焦げた爆弾を見ている感じがするのは、果たして気のせいだろうか。

と、青児の隣に座った皓少年の口から、

「……伊都さんの姿が見えませんね」

「え」

見ると、最上席が空いたままになっていた。末期癌という話だけど、まさか具合が悪

くなったんじゃ——と不安がよぎった矢先、白水青年がひらひらと軽く手を振って、

「いや、心配ないと思うよ。もともと伊都さんは、今夜の晩餐には不参加の予定で、僕らの食事が終わった頃に顔を出すって話だったからね」

言い終えたタイミングで、足音もなくテーブルに歩み寄った篁さんが、卓上に伏せられたワイングラスを置き直して、ボトルのワインを注ぎ始めた。

たちまちテーブルに並んだ酒杯のすべてがワインで充たされる。黒ずんで見えるほどに深く暗く濃い——血の赤だ。

と、おもむろに立ち上がった白水青年が、顔の高さにワイングラスをかかげて、

「じゃあ、そろそろ乾杯しましょうか——黒猫に」

そんな風変わりな音頭と共に、さらに高くグラスを差し上げると、どこからも「乾杯」の唱和が返らないうちに、あっさりとワインを飲み干してしまった。

そうして招待主の姿もないままに、どこか不穏な晩餐が始まった。

——が。

(なんか……すこぶる空気が悪い、ような)

初めは、部外者の青児たちが居座っているせいかと思ったけれど、察するにもともと仲がよろしくないのではないだろうか。招待客の四人とも、互いに目をあわせることを拒むように、黙々とナイフとフォークを動かし続けている。

さらに言えば、先ほど青児をにらんだ女性は、ワインのおかわりばかりしているし、

その横のニットワンピース姿の女性は、逆にワインは手つかずのまま、前菜のサーモンマリネやチーズも皿に残してしまっている。ひょっとして具合が悪いのだろうか。

いや、そう言えば、ついうっかり忘れていたけれど。

「あの、篁さんが作ってくれたんで、料理そのものは大丈夫だと思うんですが、誰かが後で毒を混ぜたりとか、そういう用心はしなくてよかったんでしょうか」

「ふふ、真っ先に前菜を完食した青児さんが無事なので大丈夫だと思いますよ」

……ですよねー。

我ながら舐《な》めるようにきれいになった皿を前に、しょんぼり尻尾《しっぽ》を垂れた犬よろしくうなだれていると、よしよし、と頭を撫《な》でられてしまった。

そんなこんなで何事もなく晩餐が進み、最後のデザートが配り終えられたところで、

「ちょっといいかな」

スプーンの先でワイングラスを叩《たた》いて、白水青年がそう切り出した。

途端、さっと周りの空気が張りつめたのを感じる。何気ないその一声が、他の三人にとっては静寂をおびやかす銃声だったかのように。

「せっかく従兄弟《いとこ》同士で十五年ぶりに顔をあわせたんだから、そろそろ近況報告でもどうかなって思ってね。まあ、そんな空気でもなさそうだけど、やらないよりは――」

が、最後まで言い終わらないうちに、

「う、ざ」

舌打ちに似た声で遮られてしまった。ワイングラスを手にした黒髪の女性だ。

「アンタっていっつもそうだよねえ。顔はヘラヘラ笑ってるのに、中身は真っ黒。本当はいらないんでしょ、近況報告。自分より出来の悪い従兄弟たちが、どんな失敗人生を送ってるか、アンタが知らないはずないもんねえ」

ヒステリックに裏返った声は呂律《ろれつ》が怪しかった。すっかり酔いが回っているのかもしれない。そして、妙にすわった目で白水青年をにらむと、

「そんなに自慢したいんだ？　僕は警視庁捜査一課のエリート公務員ですって。お前らとは格が違うから、三十億円はあきらめてとっとと帰れって、そう言いたいんでしょ」

棘がある、という以上に悪意のこもった声だ。横で聞いている青児まで胃に穴があきそうなほど。大丈夫だろうか、とハラハラしつつ白水青年を見ると、

「……なるほど、たしかに白帆ちゃんの言う通りかもね」

そう独り言のように言った。そして、何かをあきらめたように肩をすくめて、

「うん、たしかに僕は性格が悪いよ。けれど、君たちの方がよっぽどおかしいよね」

ぎしっと空気が軋《きし》んだのがわかった。

が、その中心に座った白水青年は、冷笑するように唇の端だけで薄く笑って、

「糸魚川も、白帆ちゃんも、いつもなら三十億円の遺産を餌にしたところで、のこのこ招待に応じるタイプじゃないんだよ。なにせヒキコモリにアルコール依存症で、二人ともどうせ自分なんかが選ばれるわけがないって知ってるからね。いつもなら二人とも家

に閉じこもって不戦敗をきどるくせに、今夜はのこのこ出てきたわけだ。ほら、いつも通りなのは僕一人だけで、おかしいのは僕以外だよ」

　途端、糸魚川青年と白帆さんの顔が、赤から青、そしてどす黒い憤怒の色へと変わった。一方で白水青年の顔には、奇妙な表情が張りついていた。笑っているような、嘲《あざけ》っているような――哀しげなような。

「円花ちゃんも一緒だよね。進学も就職も、それこそお友達選びから服一枚買うのだって、これまで大好きなママの言いなりになってきたのに――今日の懇親会、お母さんには内緒なんだって？」

「え、そんな、そんなことな――」

「あるよね？　昨日、円花ちゃんの家に電話したら、明日《あした》から勤め先の研修旅行だって言われてね。たとえ従兄弟同士とはいえ、年頃の娘が異性と旅行に行ったって知ったら、あのお母さんなら白目をむいて大騒ぎするんじゃないかな」

　円花――と呼ばれた女性は、元より蒼白な顔をさらに白くして「それは」とか「けど」と不明瞭《ふめいりよう》な呟きをこぼしていたものの、やがてニットワンピースの膝の辺りを握りしめてうつむいてしまった。図星――のように見えるのだが。

　と、突然。

「ふざけないでよ！」

　ガチャン、と音がした。

見ると、粉々に砕けたガラスの破片とワイン染みが、テーブルの上に広がっている。白帆さんが叩きつけたワイングラスの死骸《しがい》と――その血溜《ちだ》まりだ。

「アンタが！　そうやって私たち三人を見下してるアンタこそが、ヒトデナシの異常者のくせに！　そうだよ、子供の頃、ここで黒猫の生首を見せられた時、アンタが――」

叫んだ声は、悲鳴のようだった。怒りと嫌悪――怯《おび》えを含んで。

そして。

「――静かに」

声が、した。

鞭《むち》の一振りのように、鋭く静かに。

一瞬、その場にいる全員の呼吸が止まったのを感じた。気がつくと、数秒前まで激昂《げっこう》していた白帆さんも金縛りにあったように動きを止めて、声の主を凝視している。

（溝呂木伊都さん――だよな？）

修道女を想わせる襟ぐりの高いブラウスに、黒くて長い毛織りのスカート。薄い白髪をきつく結い上げ、頬の輪郭が露《あら》わになったその顔は、落ち窪《くぼ》んだ目と痩《や》せこけた頬に、病いと老いが見てとれた。

にもかかわらず、おそらく青児の背丈を越えるその長身の立ち姿からは、他人を寄せつけない威厳と――確かな美しさが感じられた。

この獄舎の主人――囚人たちを統《す》べる看守だ。

「ようこそいらっしゃいました。招待に応じてくださったことを感謝します。招かれざる者もいる――と先ほど糸魚川から聞きましたが、善きサマリア人にならって、客人としてもてなしましょう。霧が晴れるまでの間、西翼の〈特別病室〉にお泊りください」

弾《はじ》かれたように糸魚川青年の顔が上がった。が、物言いたげに唇を震わせたきり、悔しげにうつむいてしまう。本音を言えば「とっとと追い出せ」と言いたいところだろうが、やはり伊都さんには逆らえないようだ。

と、伊都さんは、体の内側まで見透かすような目で、ゆっくりと一同を見渡して、

「さて、前置きは省《はぶ》きましょう。ご存知の通りアナタがたは、余命短い私の遺産相続人候補として招かれたわけです。明日の夜までにアナタがた四人の中から一人を選んで、この私の全財産を包括遺贈したいと考えています」

ただし、と伊都さんは続けた。一切の迷いも――濁りもない声で。

「選ぶのは、私ではなく黒猫です。黒猫が、アナタがたの裁定者となります」

一瞬、何を言われたのかわからなかった。ざわっと毛穴の縮むような感覚とともに、冷たい、何か嫌な感じの空気が、辺りに立ちこめたのを感じる。

が、四人の招待客たちの間に、動揺のざわめきは起こらなかった。ただ、白々とした沈黙の中、互いの反応をうかがうようにして息をひそめている。

――おかしい。

指で喉仏を押されるような息苦しさに、ごくり、と唾を呑みこんだ。どうしてこれほ

ど無反応なのだろう。とくに糸魚川青年は、あれほど黒猫を怖がっていたはずなのに。

そうして吐息さえ聞こえるほどの静寂の中、ただ一人伊都さんだけが言葉を続けて、

「今夜、アナタがたのもとに黒い獣が訪れます。それが不義であれ、愚昧《ぐまい》であれ、欲望であれ、怠惰であれ、心の内に悪を宿した者たちを喰《く》い殺すために。そうして明日、生きて夜を迎えることができた者に、私のすべてを託しましょう」

しばらくして。

「……返事一つ満足にできませんか？」

と問いかけた伊都さんに、応《こた》える声はなかった。

ただ、玄関ホールのホール・クロックだけが、ひっそりと八時の鐘を打って――。

――まずは夜が始まった。

*

そんなこんなで晩餐《ばんさん》は終わった。

が、何が何だかわからない、というのが正直なところだ。

（えっと、伊都さんの言う通りなら、今夜、この獄舎に黒猫が現れて、悪人は喰い殺されるから、生き残った誰かが遺産を相続するってことだよな）

悪人——とは、どういう存在を指すのだろうか。考えるだけで鳩尾《みぞおち》の辺りが冷たくなるような気がする。結局、先ほど伊都さんの口にした宣言は、ただの脅し、あるいは戒めのようなもので、四人全員に分割相続させる——ということかもしれないけれど。

（まさか今夜、本当に誰かが喰い殺されるなんてこと）

……いやいや。

……まさかまさか。

ゾワゾワ背筋を這《は》い回る悪寒をこらえつつ、むくむくと巨大化した黒猫に頭から丸かじりにされる脳内イメージを振り払おうとしていると、

「さて、どうも妙な雲行きになりましたね」

「どをあ！」

突然、耳元で聞こえた皓少年の声に、数センチほど飛び上がってしまった。

つい先ほど「御手洗いをお借りしてきますね」と席を立ったはずだが、いつの間にか戻ってきたらしい——が、足音をしのばせたのは絶対わざとだ。

「ふふふ、すみません、驚かせるつもりは」

「で、できれば、そのネタは篁さん限定にしてください」

——あれから。

伊都さんが退室してからも、残された四人は無言で互いの顔色をうかがいあう空気のまま、なし崩しに散会となってしまった。

そうして青児と皓少年の二人は、応接室に戻ってきたわけなのだが。

「えっと、まさか伊都さんの言う通り、猫が人を喰い殺すなんてことないですよね？」

ズバリ訊ねると、ふむ、と顎《あご》に手を当てた皓少年は、しばし考えこむ顔をして、

「猫が人を喰う――と聞くと〈猫又《ねこまた》〉を連想しますが、青児さんはご存知ですか？」

「え、ね、猫又……ですか」

い、いかん、思わず声が裏返ってしまった。

「えーと、た、たしか年をとって尾っぽが二股《ふたまた》になった猫がアレしたヤツで、しゃべったり踊ったり、あとは、その、女の人に化けて行燈《あんどん》の油をチロチロ舐《な》めたりとか」

「ふふふ、古典的なイメージではありますが、だからこそ的を射ているとも言えますね。凡《およ》そ雄の老猫、妖《よう》をなす。その変化、狐狸に減《おと》らず、よく人を食う。俗に猫麻多《ねこまた》と称す――これは〈本朝食鑑《ほんちょうしょっかん》〉からの引用ですが、猫又の特性の一つが〈化ける〉ことなんです。もともと猫には、後ろ足だけで立って両手でたわむれる性質がありますから、猫又が〈化ける〉や〈踊る〉とされたのも、むしろ自然に思えますね」

妙に嬉《うれ》しそうに言いつつ、わしゃわしゃ、と青児の頭を撫でて、

「また、化けた猫が行燈の油を舐める――というのは、古くからあった俗信で、江戸時代中期の〈和漢三才図会《わかんさんさいずえ》〉にも〈油を舐める者、是《こ》れまさに怪を為《な》す表《しるし》なり〉とありますね。ただ当時、飯盛女といった下層の娼婦《しょうふ》の中には、粗食に耐えかねて行燈の油を舐める者がいたそうですから、そこから生まれた話ではないか、という説もあります。当

時、庶民の間で使われていたのは安価な鯨油でしたから、それを舐めることでせめて脂肪を補おうとしたのではないかと」

　な、なるほど、まさに幽霊の正体見たり枯れ尾花だ。

　そして今も昔も貧乏はひもじい――と、しみじみ青児が感じ入っていると、

「さて、続いて〈人を喰う〉ですね。藤原定家《ふじわらのさだいえ》の日記である〈明月記《めいげつき》〉には、天福《てんぷく》元年、猫股《ねこまた》という獣が出没して一夜に七、八人を喰らい、多くの死者が出たと記されています。また鎌倉時代末期には一般に猫又の怪が信じられていたからこそ〈徒然草《つれづれぐさ》〉にも〈奥山に猫またといふものありて、人をくらふなる〉と記されているんですね。つまり当時の人々の認識では猫又は実在して〈人を喰う〉ものだったんですよ。実際、山で人が猫に襲われる事件もときどきあったようで、江戸時代の随筆集である〈寓意《ぐうい》草《そう》〉にも、頭から尾の先まで二・八メートルある山猫の話が記されています。ただ、しょせんは家猫が野生化したものですから、一晩で何人も喰い殺すのは無理がありますね」

　よかった。それなら頭からガブリと殺られることはなさそうだ、と青児がほっと胸を撫で下ろしていると、

「では〈化ける〉と〈人を喰う〉となれば、あとは〈祟《たた》る〉ですね。猫を殺せば七代祟る――と言いますが、ポーの〈黒猫〉しかり、日本だと〈鍋島《なべしま》猫騒動〉が有名ですね」

「ね、猫騒動……ですか」

　ネコネコパニック――と言い換えると、無理やり可愛い感じにできそうだが、流れ的

にホラー展開は避けられなさそうだ。

「芝居や講談で人気を博した、いわゆる猫騒動物ですね。お家騒動に化け猫の祟りをからめた演目になります。佐賀藩の二代目藩主・鍋島光茂《みつしげ》が、碁の相手をつとめていた又七郎という青年を、諍《いさか》いから手討ちにしてしまいます。そして普請中だった土蔵の壁に死体を塗りこめて隠蔽《いんぺい》してしまうんです。それを知った又七郎の母が懐剣で自害し、可愛がっていた黒猫がその血を舐め、怪猫となって復讐《ふくしゅう》を遂げる——というのが筋書きですね」

うむ。壁に塗りこめられた死体——という点が、ポーの〈黒猫〉と共通している。

が、それ以上に。

「……なんか、やるせない話ですね」

ついつい黒猫に同情してしまう。命がけで仇討《あだう》ちしようとするほど可愛がられていたのなら、本当は何より飼い主に生きていて欲しかったろうに。

と、何やら思うところがあったらしい皓少年が、よしよし、と青児の頭を撫《な》でて、

「黒猫が凶獣と化して猛威をふるう——その原動力は人の怨念《おんねん》です。怨《うら》みと憎しみを黒猫に託して死ぬことは、弱者に与えられた復讐法とも言えますね。同害報復——目には目を、歯には歯を。一人息子の死によって血筋を絶やされた老母の恨みは、鍋島家の根絶やしへと向かいます——つまりは皆殺しです」

皆殺し、という一言に、ぞわっと首筋の産毛が逆立つのを感じた。

（いやいや、伊都さんの言う〈黒猫〉も同じとは限らないけど）

けれど、もしも今夜、この獄舎に黒猫が現れるとしたら——。

「お取りこみ中恐縮ですが」

「ごあっ！」

突然背後から聞こえた声に、またもや数センチ飛び上がってしまった。もはや振り向かなくてもわかる。本家本元のネタ元——篁さんだ。

「失礼しました、驚かせるつもりは」

「そ、それきっと俺の心臓が止まっても言いますよね！」

と、困った顔で眉尻《まゆじり》を下げた篁さんは、懐から二つ折りにされた紙片を取り出すと、

「白水さんから部屋割り表を預かりました。我々が泊る〈特別病室〉は、もとはやんごとなき身分の子息を収容するための病室だったそうで、今夜、伊都さんから使用許可が下りたのはⅠ号室からⅤ号室になります」

恭しく差し出されたのは、手書きの部屋割り表だった。それによると、今夜、青児たちの泊る特別病室は、西翼の二階にあるらしい。

廊下をはさんで四部屋ずつ、左手に手前から順にⅠ号室、Ⅱ号室……と並び、その向かいにも手前からⅤ号室、Ⅵ号室……と並んでいる。それぞれに篁、棘、荊と割りふれ、青児はⅣ号室、皓少年はⅤ号室だった。

「鍵《かぎ》は院長室に——とうかがいましたので、僭越《せんえつ》ながらお二人の分もお持ちしました」

「あ、ありがとうございます」

渡されたのは真鍮《しんちゅう》製の棒鍵だった。持ち手の部分にローマ数字が彫りこまれたそれをありがたく頂戴して、ダウンジャケットのポケットに押しこむ。

そして、おずおずと篁さんに向き直ると、

「え、えーと、招待客の人たちは、今夜どこに？」

「糸魚川さん、円花さん、白帆さんの三人は、東翼二階の〈舎室〉に宿泊するそうです。もとは看護人や医師の居室だったそうですが、残りの部屋は鍵が錆《さ》びついて使用不可とのことで、白水さんだけ一階の〈治療室〉に。もとは佑児さんの私室だそうです」

「なるほど……あの、トイレとかは共用なんでしょうか？」

「いえ、簡易なものですが、全室トイレとシャワー付きとのことで、今夜は皆さん、それぞれ部屋に鍵をかけて閉じこもる予定だと」

「よ、よかった。けど、見張りとかはしなくて大丈夫ですかね？」

訊《たず》ねられた篁さんは、ふむ、と顎に手を当てるポーズをとると、

「そうですね。見張らせて頂くことは可能だと思いますが、部屋の外を出歩かないように釘を刺されていますし、糸魚川さんに見つかったら、それこそ一《ひと》騒動ではないかと」

な、なるほど。たしかに物陰で見張っているところを見つかって、「ちょっと見張りに」なんて言おうものなら、即座に氷点下の湿原に蹴り出されそうだ。

と、おもむろに姿勢を正した篁さんが、見惚《みと》れるような所作で一礼して、

「それでは、お二人とも気をつけて」

「……黒猫に喰《く》い殺されないように、ですか？」

「いえ、迷子になって死体に出くわすことがありませんように」

それピンポイントで俺ですよね！

そうツッコミを入れる間もなく、ふっと蠟燭《ろうそく》の火を吹き消したかのように、篁さんの姿は消えてしまった。相変わらず、ＳＦＸばりの退場だ。

「さて、僕らもそろそろ行きましょうか」

「で、ですか」

そんなこんなで皓少年と二人、玄関ホールの階段を上って西翼の二階へと進んだ。辿《たど》り着いた先には、ろくに灯《あか》りもない廊下をはさんで鉄製のドアが左右に四つずつ。

どれも北棟と同じ覗《のぞ》き窓《まど》つきだが、いちおうプライバシーに配慮されているのか、目隠しとして金属製の蓋《ふた》が取りつけられていた。

青児は一番奥のⅣ号室。一方の皓少年は、廊下をはさんで一番手前の——今、目の前にあるⅤ号室だ。

と、危なげなく解錠した皓少年が、どこか浮かない顔つきで青児を振り返って、

「では、おやすみなさい。どうかくれぐれも気をつけて」

「はい、皓さんも」

ガチャ、と音を立ててドアが閉じる。

途端、胸騒ぎ——のようなものを感じて、慌てて青児は首を振った。

(えーと、皓さんは大丈夫……だよな)

そう、大丈夫なはずだ。そもそも黒猫の訪れを予言されたのは、四人の招待客なわけで、皓少年とは無関係なのだから。

もう一度、かぶりを振ってⅣ号室の方に顔を向ける。と、その先に黒々とよどんだ闇があった。一階と同じに、北棟との連結部が鉄格子の隔壁で区切られているのだ。きっとその奥に独房の扉が並んでいるのだろう。

ごきゅ、と唾《つば》を呑《の》みこんだ音が、やけに大きく聞こえた。そろりそろりと足音をしのばせてⅣ号室に近づき、ポケットの鍵を探り出したところで、

「……あれ？」

鍵穴《かぎあな》があわない。数秒経って、とんでもないことに気がついた。

(こ、これ、Ⅳ号室じゃなくてⅥ号室の鍵だ！)

よく見ると、持ち手に彫りこまれた数字が〈Ⅳ〉ではなく〈Ⅵ〉になっている。さては篁さんがうっかり間違えて——と思ったものの、果たして平安の世が生んだ完璧《かんぺき》超人である篁さんが、そんな凡ミスをするものだろうか。

(けど、現にⅥ号室の鍵があるわけだし、院長室で交換してきた方がいいんだよな)

そんな風に考えながら、ドナドナと踵《きびす》を返そうとしたところで、

〈迷子になって死体に出くわすことがありませんように〉

という篁さんの声が脳裏によみがえった。

……うむ、このまま進むと、うっかり迷子になって死体に出くわすパターンだ。

「仕方ない、よな」

かくなる上は、今夜一晩、Ⅵ号室に泊めてもらうより他にない。そう結論づけた青児が、家主である伊都さんに脳内で土下座をかまして、

「お、お邪魔しまーす」

おっかなびっくりⅥ号室のドアを開けると、中は暗いというより闇一色だった。

(えーと、どこかに照明が……って、あった)

頭上から垂れた紐《ひも》を引っ張ると、視界が一気に明るくなった。古風な白熱灯だ。

――第一印象としては、独房だった。

狭苦しい一人用のパイプベッドと、古びた洋服ダンス。手前に置かれた木製のテーブルと椅子は、背もたれをつかむとガタガタ鳴った。

唯一見映えがするのは、Ⅴ号室側の壁にすえられたガラス扉つきの本棚で、玄関ホールのものと似たり寄ったりな感じの背表紙が並んでいる。

(けど、なんか……やんごとなき身分向けって感じじゃないような)

違和感に首をひねりつつ、皓少年からもらった平面図のコピーを開くと、思わずあっと声がもれた。Ⅵ号室と、その隣のⅦ号室に、予想外の四文字があったからだ。

――夜番詰所《よばんつめしょ》。

なるほど、スタッフ用か。やたらと狭苦しい上に殺風景なのもそのせいだろう。

（いや、けど、そもそも贅沢《ぜいたく》を言えるような立場じゃないし）

経験上、こういう時は、さっさと寝てしまうに限る。まずはドアの内側にあった掛け金で施錠して、着替えなどをつめたバッグを置くと、パイプベッドの状態を確認する。うむ、箒《ほうき》で叩けば埃が舞い上がりそうな感じではあるけれど、脱いだダウンジャケットを重ねれば、十分寒さをしのげそうだ。

（――よし！）

内心ガッツポーズをきめて、いそいそと毛布にもぐりこむ。残る不安要素は、猫の鳴き声そっくりのあの風音だが、ありがたいことに今は聞こえな……。

……ぐう。

「ぐえっ」

どしん、と内臓を襲った衝撃で目を覚ました。

潰《つぶ》れた蛙よろしくうめき声を上げて飛び起きると、鼻先に触れそうな至近距離で、金色に光る目がパチリと瞬いた。もぞもぞ動いて、ニャアと鳴く。

――黒猫だ。

と。

「ぐわっ」

青児のみぞおちを踏み台にしてハイジャンプをきめた黒猫が、テーブルに着地した。

よろめきつつベッドから下りて白熱灯をつけると、果たして目の前にいたのは、先ほど書斎で出くわしたあの黒猫だった。こちらをにらむ目つきを見るに、どうやらホットカーペットがわりの青児が勝手に起き出したことがご不満らしい。

くそ、毛玉の分際でつけ上がりやがって。冬毛ふさふさか。

と、不意に。

「んん？」

床に黄色の何かが落ちているのが目に入った。

ライター――ではない。小さなプラスチック製で、一見、玩具《おもちゃ》のようにも見えるが、電源ランプらしきものが灯《とも》っている。液晶画面には、充電マークと時刻表示。さらには、音量調節用らしき上下の矢印ボタンに、どこか見覚えのある突起状のアンテナ。

もしや、これは――。

「……トランシーバー？」

呟いた途端、ピピピ、と呼び出し音が鳴り出した。

――正解だ。

（え、や、ちょ、ど、どうすれば）

が、わたわたと慌てふためいている内に、受信状態になってしまったようで。

〈――聞こえますか？〉

え、と思わず声が出た。

トランシーバーから聞こえたのが、伊都さんの声だったからだ。

〈黒猫がお休みの邪魔をしてしまったようで申し訳ありません。亡くなった佑児がアマチュア無線を趣味にしていたのですが、先ほどその子が遺品のトランシーバーをくわえて逃げてしまいまして。ご面倒かとは思いますが、玄関ホールまで連れて行ってやってください。その先は自力で寝床に戻ります〉

「え、いや、そんないきなり……って、もしもし！　もしもし！」

どうにか通話ボタンを探り当てつつ叫んでみたものの、うんともすんとも応答はなかった。通信トラブル――というよりも、たんに無視されているような気がする。

液晶画面を見ると、時刻は零時四十九分。

草木も眠る丑三《うしみ》つ時《どき》とまではいかなくても、正真正銘の真夜中だ。

（ま、まあ、玄関ホールまでなら、迷いようもないし）

そう考えた途端、風邪のひき始めにも似た寒気を感じた。予感――だろうか。けれど、迷い猫をこのままにしておくわけにもいかないのはたしかだ。

まずはテーブルに黄色のトランシーバーを置いて、上着とスマホを装備する。チラ、と横目で黒猫を見ると、眠そうに目を一文字にしていた。うむ、どうもガードが甘いというか、今なら抱き上げられそうな感じだ。

（……咬《か》むなよ、絶対咬むなよ）

我ながらフラグとしか思えない念を送りつつ、じりじりと距離をつめる。

おっかなびっくり抱き上げると、くるしゅうない、と言わんばかりにゴロゴロ喉《のど》を鳴らすのが聞こえた。くそ、友好的か喧嘩《けんか》腰《ごし》かどっちかにしろよ、情緒不安定か。

（えーと……やっぱり行くしかない、よな？）

このまま廊下に放り出したいのは山々だが、万が一猫に何かあったら寝覚めが悪い。

腕の猫が暴れないよう慎重にドアの掛け金を外すと、なんとか肘《ひじ》でドアノブを回しつつ、ゆっくりと肩で押し開けて、

「うわ、暗っ」

待ち受けていたのは暗闇だった。まるで出口のないトンネルに迷いこんだように思える。目を凝らしても凝らしても、闇は闇のままだ。

（あ、そうだ、スマホ）

慌ててダウンジャケットのポケットからスマホを抜くと、数メートル先の曲がり角まで照らし出した。何もない。誰もいない——もちろん死体や、黒猫なんかも。

……もっとも、篁さんや皓少年いわく〈迷子になって死体に出くわす〉のが青児のお家芸だとすれば、この先でスタンバッている可能性はあるけれど。

（いやいや、階段を上り下りするだけで、そんな）

ブンブン首を振って嫌な想像を打ち消しつつ、充電節約のためにライトを切った。両

腕で黒猫を抱え直して、おっかなびっくり足を踏み出す。

せいぜい数メートルしかない廊下が、やけに長く感じられる。自分自身の足音に追い立てられるように曲がり角まで進むと、もう一度ライトで進行方向をチェックした。誰もいないのがわかると、がしっと黒猫をホールドしつつ小走りに走り抜ける。

やがてバルコニーに出ると、左手にスマホ、右手に黒猫のポーズを維持しながら、一段一段、ライトでなぞるように石段を下りていき、そして——。

(や、やり遂げた!)

玄関ホールの床を踏みしめるのと同時に、思わずガッツポーズをきめてしまった。

その直後だった。

真っ黒に塗り潰された視界の奥から、ホール・クロックの時鐘が聞こえた。

ボーン、と鐘の音が一つ——深夜一時だ。

その余韻が、長く尾を引きながら静寂へと呑みこまれていった矢先に。

(……あれ?)

ふと違和感を覚えて、青児はぱちっと瞬《まばた》きをした。

コチ、コチ、と時計の振り子が揺れる音が、二つ重なって聞こえてくる。

はてな、と音の出所を探ると、スリゲル型の振り子時計があった。一見、初めて目にした時と何の違いもないように見えるのだが——。

「……う、動いてる?」

ごきゅ、と喉がおかしな音をたてた。

止まっていたはずの振り子が、左右に揺れているのだ。文字盤の時刻は十一時十五分。夕方見た時は十一時だったはずだから、たしかに十五分間進んでいる。まさか息を吹き返したのだろうか。

と。

「わ」

いい加減しびれを切らしたのか、突然うねうねと腕の中で暴れ始めた黒猫が、さっと足元に飛び下りてしまった。そして、くるっと華麗なUターンをきめたかと思うと、タタタ、と猛ダッシュで階段を駆け上り始める。

——まさかの逆走だ。

「ちょ、ちょっと待った！……って」

慌てて追いかけると、一目散にバルコニーに駆け上った黒猫は、そこでくるっと方向転換して、青児たちがやって来たのとは逆方向——つまり東翼に走り去ってしまった。

東翼二階——今夜、白水青年を除いた招待客たちの泊る〈舎室〉の一角だ。

（えーと、そう言えば伊都さんが、玄関ホールからは自力で寝床に戻るとかなんとか）

となると、あの猫が向かった先に今夜の寝床があるということだろうか。

まったく人騒がせな、とげっそり溜息《ためいき》を吐きつつ、同時にほっと胸を撫《な》で下ろした。

さて、自分も寝床に戻ろう——と、青児がくるっと踵《きびす》を返そうとしたところで、

「……うん？」

足が止まった。

ほんのかすかに——気のせいか、と疑いたくなるほどの一瞬、ひどく嗅《か》ぎ覚えのある臭いが鼻腔《びこう》をかすめた気がした。鉄錆《てつさび》を舐《な》めたような、いや、もっと濁りや粘りがあって生臭い——血の臭いだ。

（——まさか）

ごくり、と音をたてて唾を呑みこむ。不整脈を起こしたように心臓が暴れ、どっと脇の下から汗が噴き出すのがわかった。

逃げろ——走り出せ。

頭のどこからか聞こえる警鐘に逆らい、震え出しそうになる足を抑えてなんとか踏みとどまる。死体か、犯人か——それとも見てはいけない別の何かか。

けれど、と思う。

結局、それを見るのが皓少年の〈目〉としての、青児の役割なのだ。

だから青児が、震えと悲鳴を奥歯で噛み潰しながら、東翼二階の——真っ暗な洞窟《どうくつ》のようにも見える廊下に目を凝らすと、

（——な、なんだ、アレ）

まず目に飛びこんできたのは銀色の塊だった。通路の左手——おそらく〈舎室〉のドアが並んだ壁際に、真四角の物体が転がっている。おそらくは、アルミ素材の——。

「……保冷ボックス？」

あまりに場違いな代物に、ぽかんと口を開けてしまった。

直後に、ざわ、とその奥の暗闇が蠢《うごめ》いて。

——いる。

気づいた瞬間、どくん、と心臓が跳ねた。

一見、それは小柄な人影に見えた。ぼんやりした輪郭以外、性別や顔立ちといった細部を失った影法師が、床に倒れた何かの上に覆いかぶさっている。

が、瞬きをした瞬間、金色に光る二つの目玉が現れた。続いて二つに分かれた歪《いびつ》な尾。

黒猫——いや、そう呼ぶには、あまりに巨大な、異形の獣だった。

——猫又だ。

な——あぉお。

静寂を引き裂いて、獣の鳴き狂うような夜風の音が聞こえてくる。まさに今、目と鼻の先にいるあの黒猫が鳴いているかのように。

一歩、二歩、と無意識に後ずさりする。その直後、信じられないことに気がついた。

——もう一匹いる。

かっと見開かれた目に、怨念《おんねん》めいた蒼白《あおじろ》い炎を燃やしながら。おびただしく血を流したその背中に、もう一匹の黒猫の、前足の爪を食いこませて。

——それは、巨大な黒猫の死骸《しがい》だった。

死んでいる。

もう死んでしまっているのだ。

その光景を理解した瞬間、頭の中が焼き切れたように真っ白になった。

殺した猫と、

殺された猫。

これは——黒猫の共食いだ。

と、ふっと持ち上がった黒猫の双眸が、こちらを見たと悟ったその瞬間、ほとんど生理的な悲鳴とともに、矢も楯もたまらず駆け出していた。

——逃げないと！

そうして何度もつまずき、壁にぶつかりかけながら、無理やり体勢を立て直して走り続けて——V号室の前に辿り着いた時には、安堵のあまり膝から頽《くずお》れそうになった。

そして、ドンドン、とV号室のドアを叩いて、

「し、皓さん、猫が！　黒猫の、いや、誰かの死体が！」

震える声で叫ぶと、浴衣《ゆかた》に丹前を重ねた皓少年が、ひょっこりドアから現れた。よ、よかった、皓少年も無事だった。案の定、第一声は「おやおや」だったけれど。

「なるほど、お約束ですねえ」

「い、いや、今回は迷子にはなってませんから！　迷子にだけは！　いや、それよりも、さっき東翼の二階で――」

と、ぜいぜい肩で息をした青児が、玄関ホールに着いてからの出来事を伝えると、

「どわあっ！」

バン、と蝶番《ちょうつがい》の吹き飛びそうな勢いで、青児の斜め後ろ――Ⅱ号室のドアが開いた。

ぬっと現れたのは棘だった。寝起きのせいか微妙にボタンを掛け違えたシャツと、片手で肩にスーツの上着を引っかけた格好からして、どうも睡眠を妨害された腹いせに、ドアを蹴《け》り開けて出てきたらしい。

くそ、まさかドアノブの存在を忘れてやしないだろうな、この蛮族。

「失敬、あまりに吠《ほ》え声がけたたましかったもので」

「おや、それは失礼しました。それはそうと、どうやら事件があったようですよ」

「ええ、聞こえましたよ、嫌でもね」

と鼻を鳴らした棘に「さて」と含みのある返しをした皓少年が、いつも通りに完璧《かんぺき》な身だしなみでⅠ号室のドアから現れた篁さんを横目で見ると、

「そのわりにはⅢ号室から出てこないのが気になりますね――荊さんが」

……本当だ。

Ⅲ号室のドアだけが、しんと静まり返っている。まるで誰一人いない空室のように。

「――まさか」

と呟いた棘の顔から、一瞬、血の気が引いたのがわかった。

が、ふと何かに思い当たったように眉をひそめると、そのまま大股で廊下を歩き出して——なぜか殺人事件の起こった東翼ではなく、玄関ホールに向かって階段を二段飛ばしで駆け下りていく。

そして、犯行現場に向かう篁さんと二手に分かれた青児たちが、あたふたと棘を追いかけると、一階廊下の一番手前——書斎のドアを開け放って、

「なぜこの場所にいるか訊いても？」

中にいた人物に向かって、威嚇する口ぶりで短く訊《たず》ねた。荊だ。

白い指が、音もなくページをめくる。

問われた荊は、重そうな洋書を膝《ひざ》に広げつつ、顔を上げようともしないままで、

「約束しただろ。この扉から外へは出ないって」

「——抜かせ」

底冷えのする声で吐き捨てた棘に、ようやく荊の顔が持ち上がる。そして、どこか眠たげな顔のまま、億劫《おっくう》そうに瞬きをして、

「今夜、この獄舎で何が起きても僕が関わる理由はないからね。閻魔庁と魔王ぬらりひょんの依頼は、溝呂木佑児という作家の死と、それにまつわる黒猫の謎。それ以外は、別にどうだっていいよ——誰が死のうとね」

「……でしょうね」

「お前は、目の前の殺人事件が優先だろ、行っておいで」

「ええ、そうしますよ。言われなくてもね」

能面じみた無表情で吐き捨てて、それきり棘は退室してしまった。そして皓少年と二人、ハラハラとなりゆきを見守っていた青児が、ほっと胸を撫で下ろしたところで、

「さて、どうも気になりますね」

そう口火を切ったのは皓少年だった。今も本をめくる手を止めない荊に向かって。

「〈誰が死のうと〉や〈目の前の殺人事件〉という言葉は、すでに殺人事件が発生したことを把握した上での発言に聞こえます。アナタは一体何を知ってるんですか？」

「何も。単に君たちの様子から推測しただけだよ」

荊の口から返ってきたのは、気のない返事だった。どこか眠たげに瞬《まばた》きしながら。まるで退屈しきった猫のように。

「……本当に？」

念押しのように訊ねた皓少年に、荊はゆっくりと一つ瞬きをした。

そして、ふ、と吐息で笑って、

「――嘘だよ」

バン、と破裂するような音がした。なんと皓少年が、草履《ぞうり》をはいた足で書斎のドアを蹴り閉めたのだ。

「……もしも紅子さんが見ていたら二時間説教コースでしたね」

ばつが悪そうに皓少年が苦笑する。

八つ当たりされたドアは気の毒だが、本音を言えば、耳の穴から手を突っこんで奥歯をガタガタ言わせたいだろうに——と思うと、正直、皓少年の気持ちもわかる。

けれど。

(なんとなく——本当になんとなくだけど、前みたいに危険な感じはしないんだよな)

青い幻燈号の件で、凜堂荊という存在の根っこの部分を垣間見《かいまみ》たせいかもしれない。

兄弟十三人を殺し合わせた父親への復讐《ふくしゅう》——たった一人で、双子の弟との絆《きずな》や自分の命すらかなぐり捨てて、それを成し遂げようとした強さや、ある種の不器用さを思うと、以前のような薄気味悪さは薄れた気がする。

気がする——だけかもしれないけれど。

(それでも、荊さんが、さっきの黒猫じゃないのは確かなんだよな)

そう、先ほど目にした二匹の〈猫又〉——照魔鏡《しょうまきょう》の目によって〈妖怪《ようかい》〉の姿に変わった罪人は、荊とは別の誰かだ。そして、そのうちの一匹は——。

「……糸魚川さん、だったんですね」

ぽつりと呟いたのは皓少年だった。

今、東翼二階の廊下に立った青児たちの前には、うつ伏せに倒れた糸魚川青年の死体がある。舎室——と称された部屋は四つあって、糸魚川青年が倒れているのは一号室の手前だった。どうやらこの部屋に泊っていたらしい。

近くの床には、灯《あか》りの消えたペンライトと棒鍵《ぼうかぎ》が転がっている。持ち手に彫りこまれた数字は〈1〉。こちらはアラビア数字だ。保冷ボックスが見当たらないのは、犯人が持ち去ったせいだろうか。

が、何より不可解なのは、目の前にある死体のありさまで――。

「……巨大な猫に襲われた、ように見えますね」

ですよね、と頷《うなず》いてしまった。頷くしかなかったからだ。

ドアに頭を向けてうつ伏せになった糸魚川青年の背中には、筋状の傷がいくつも走り、裂けたパーカーの下には、ぱっくりと口をあけた裂傷が覗《のぞ》いている。

――猫の爪痕《つめあと》だ。

どす黒く変色した顔は、苦悶《くもん》に喘《あえ》ぐように開いた唇の端に血の泡をこびりつかせ、かっと見開かれた目には、驚きと――何より恐怖があった。まるで〈世にも恐ろしい化け物を目にした顔で息絶えていた〉という佑児さんの死に顔を再現したように。

しかも。

（……やっぱり、黒猫に見えるんだよな）

目をそむけたくなる衝動をこらえつつ、ぱちり、と瞬きをする。その瞬間、糸魚川青年の姿が、先ほど目にした巨大な黒猫の骸《むくろ》に変わり、また元に戻った――猫又だ。

となると、先ほど共食いをしていた二匹のうちの一匹は糸魚川青年ということで、彼を殺した犯人もまた〈猫又〉の姿をした罪人ということになる。

——思い出したのは、獅堂《しどう》家での事件だった。

狸、蛇、猿、虎——と四人で〈鵺《ぬえ》〉という妖怪を形づくっていた彼らは、なんと一家四人全員が一つの殺人事件をめぐる共犯者同士だったのだ。

となると、同じ〈猫又〉に変わった二人も、何らかの共犯関係にあるのだろうか。

(けど、それならどうして、殺す、殺されるなんてことに)

体の芯からくる震えをこらえつつ、青児が頭を抱えてうめいていると、

「さて、一見した感じだと、犯人はヒョウやライオンですね」

……い、いやいや、そんなまさか。

「ふふ、ネコ科の猛獣が獲物として人を襲う場合、まず腹這《はらば》いに近い姿勢で忍び寄って、前足で押さえつけながら首筋に食らいつくんですよ——ほら、こんな風に」

すっと持ち上がった皓少年の指が、死体の一点を指さした。なるほど、首の後ろにぽっかりと二つ穴があいている——咬《か》み痕《あと》のような。

「単独で狩りをするネコ科は、獲物に素早くトドメを刺すために犬歯が発達してるんですね。狙いすました一咬みで頸椎《けいつい》を切断し、速やかに死にいたらしめるんです」

なるほど、たしかに皓少年の説明を聞く限りでは、目の前の死体のありさまと合致している。が、となると今も人喰《ひとく》いの獣が一匹、辺りにひそんでいるわけで——。

「じゃ、じゃあ、早く捕まえないと、俺たちも首をガブッと」

たまらず青児が震え声を上げると、ふふふ、と皓少年が不気味に笑って、

「――というのは、犯人による〈擬装〉ですね」

……ぎ、擬装？

「ほら、よく見ると首筋の〈咬み痕〉の下に、薄《うつす》ら火傷《やけど》の痕があるんですよ。小さな紅《こう》斑《はん》が、ぽつぽつと二つ。火傷の紅斑というのは、つまり生きている間だけに生じる生活反応ですから、生前につけられたものになります。対して首筋の咬み痕は、出血量が少なすぎることから考えて、死後につけられたものなんですね」

と言うと、ことり、と首を横倒しにして、

「断定はできませんが、傷口が四角いことから、凶器はアイスピッケル。そして首筋の火傷は、スタンガンによるものだと思います」

となると、糸魚川青年を襲ったのは――あくまで〈人間〉ということになるのか。

「さて、犯行当時のことも、だいたいイメージできますね。近くにペンライトと鍵が落ちていることから考えて、廊下にいた糸魚川さんが、自室のドアに鍵を差しこもうと前かがみになったタイミングで、犯人が首筋にスタンガンを押し当てたんじゃないかと」

思わず想像してしまって、ぶるっと青児は身震いした。

そうしてスタンガンの一撃をくらった糸魚川青年が、廊下にうつ伏せで倒れこんだところで、手にしたアイスピッケルで背中をズタズタに――。

「いえいえ、おそらく致命傷になったのはこの傷ですね」

言いつつ皓少年の手が、そっとパーカーのすそをめくり上げた。

見ると、幾筋も走った裂き傷にまぎれて、小さな穴があいている。赤黒い血がこびりついて、目をそむけたくなる痛々しさだ。

「他の裂き傷は、傷の深さに対して出血量が少なすぎますから、死後——あるいは致命傷を負った後でつけられたものではないかと。そして、この穴の位置や、チアノーゼや喀血《かっけつ》などの症状と考えあわせると、糸魚川さんの死因は左肺の損傷による血胸《けっきょう》ですね」

「……け、血胸？」

「ふふ、血胸というのは、胸腔《きょうこう》に血液が蓄積した状態を指すんですね。背後から刺した傷が肺の太い動脈に達した場合、外見上の出血は少なくても、血圧低下のショックによって短時間で心停止に至るケースがあるんですよ——成人男性の肺なら一リットルの血液を溜《た》めこむことも可能ですから」

と、そこで顎《あご》に手を当てた皓少年が、ふむ、と考えこむ顔をして、

「が、どうして人喰い猫の仕業に見せかけようとしたのか、どうにもわかりませんね」

「え、えーと、晩餐《ばんさん》の席で伊都さんの言ってたことと関係ありませんかね。ほら、今夜アナタがたのもとに黒い獣が——って」

途端、耳の奥に伊都さんの声がよみがえって、ぞわっと二の腕に鳥肌が立った。

〈今夜、アナタがたのもとに黒い獣が訪れます。それが不義であれ、愚昧《ぐまい》であれ、欲望であれ、怠惰であれ、心の内に悪を宿した者たちを喰《く》い殺すために〉

そう、喰い殺す、と言ったのだ、たしかに。

もしもあれが〈犯行予告〉のようなもので、そのために死体をそれっぽく見せかける必要があったとすれば――。

「犯人は、伊都さんなんでしょうか？」

ほとんど確信に近いものを感じながら訊《たず》ねると、うーん、と腕組みした皓少年は、今一つ煮えきらない顔で首をひねって、

「その可能性が高い――とは思います。ただ、それでも二つほど疑問が残りますね」

言いながら、ぴんと二本の指を立てると、

「一つ目は、糸魚川さんの姿が〈猫又〉の姿に変わっている理由――誰かの〈共犯〉という可能性も含めて、いつ、どこで、どんな罪を犯したのか、ということです」

うむ、たしかにさっぱりわからない。

「そして、二つ目が――どうして糸魚川さんは廊下で殺されたのかということです。言い換えれば、どうして一号室の外に出たのか。晩餐での伊都さんの発言を思えば、よほどのことがない限り、最低でも今夜一晩、鍵のかかった部屋に閉じこもるのが自然なように思えます。現に白水さんや円花さんもそうしていたわけですし」

そう、先ほど聞いた話では、死体の第二発見者は円花さんだそうで、青児の悲鳴を聞きつけて廊下に出るまでの間、一睡もできずに二号室に閉じこもっていたそうだ。

――さらに話を聞くと。

どうも廊下に出る十分前――零時五十分頃にも、廊下で大きな物音がしたのを聞いて

いるらしい。が、扉を開けるべきかどうか悩んでいるうちに、青児の悲鳴が聞こえたそうで、それから一階の〈治療室〉で就寝中だった白水青年を呼んで、現場に戻った青児たちと合流した――という経緯のようだ。

「しかも糸魚川さんの中には、十五年前のトラウマから、黒猫に対する根深い恐怖があったわけです。それなら、よほどの理由があったからこそ、廊下に出たと考えるべきじゃないでしょうか。けれど――」

と、ふっと皓少年の声が途切れて、

「おや、これは――」

はっと瞬きをして皓少年の視線を追うと、その先に糸魚川青年の右手があった。親指の腹に、黒い塗料のような汚れがこびりついている。さらには、黒一色のパーカーの袖《そで》口《ぐち》に、白くて細い糸のようなものが一本絡みついていた。

――老人の白髪だ。

「あの、これって、まさか――」

伊都さんの、と言いかけたその時、ドンドン、と背後で音がした。

振り向くと、薄暗い廊下の先――三号室のドアを白水青年が連打している。ノックと呼ぶには激しすぎる音だ。

「あ、あの、何かあったんですか？」

恐る恐る訊ねると、振り向いた白水青年は、焦燥や不安――というよりも疲れが色濃く滲《にじ》んだ顔をしていた。やはり従兄弟を亡くしたことが精神的にこたえているのかもしれない。いや、つい先ほどまで一号室や四号室を調べている様子だったのに、三号室のドアを叩いているということは、何かトラブルでもあったのだろうか。

「この部屋に白帆が泊ってるはずなんだけど、呼んでも反応がないんだよ。さっき二号室に入れてもらって、壁越しに呼びかけてみたんだけど、物音一つ聞こえなくてね。もともと寝起きの悪いヤツだから今まで放っておいたんだけど」

　まさか、と厭《いや》な予感が鎌首をもたげた。寒気にも似た何かが、じわりと足元から這い上がってくるのがわかる。予感と――恐怖だ。

（まさか、もう次の犠牲者が――なんてことは）

　ぞっと辺りを見回すと、肩にカーディガンをかけたパジャマ姿の円花さんが目に飛びこんできた。二号室のドアの前で膝を抱えて、頭が落っこちそうなほどうつむきながら、ブツブツ独り言を呟《つぶや》いている。

が、とりあえず無事なようだし、その姿が妖怪に変わっているようにも見えない。

　となると。

「あの、そう言えば、伊都さんは、今どこに――」

「この端の四号室が伊都さんの私室なんだけど、もぬけの殻だね。警察に通報するには衛星携帯電話が必要だけど、それも見つからない」

　疲れた顔でかぶりを振った白水青年が、「それはそれとして、もうこの扉は体当たり

で吹き飛ばすしかないのかな」とぼやいた途端、カチャ、と掛け金の外れる音がして、

「うるっさいなあ。眠剤《みんざい》呑《の》んで寝てたのに、何やってんの一体」

不機嫌な声がして、ドアの隙間から白帆さんが姿を見せた。就寝用なのか、黒いナイロンジャージの上下を着ている。よ、よかった、無事だった。

が、ほっと胸を撫で下ろしたのも束の間。

「え？」

茫然《ぼうぜん》と目をみはって、青児はドアの隙間から覗《のぞ》いたものを凝視した。正しくは、巨大な黒猫に変わった白帆さんの姿を。

（また——黒猫だ）

一瞬にして血の気が引くのがわかった。心臓が破裂しそうに鼓動を速め、膝が笑い出しそうになる。と、そんな青児の表情を読んだらしい皓少年が、ついっと目を細めて、

「……どうやら二匹目が見つかったようですね」

そう、その通りなのだ。つまり青児が共食いを目撃した黒猫の片方——糸魚川青年を殺したもう一匹の〈猫又〉は、白帆さんだったことになる。

と、そんな青児と皓少年の二人をよそに。

「……よかったよ、無事で」

ほっと息を吐いた白水青年が、糸魚川青年の死を白帆さんに伝えると、

「はあ？　何それ、ふざけてんの？」

眠たげに目をこすっていた白帆さんが、たちまち眉《まゆ》を吊《つ》り上げて般若《はんにゃ》の顔つきになった。たちの悪い冗談はやめろ——と言わんばかりの形相だ。

「あーもう、眠い。頭痛い。我慢できない。朝にして。ていうか寝るから」

言うが早いか、バン、と扉を閉じてしまった。

その直後に。

——悲鳴が上がった。

常軌を逸した何かを目にした誰かが、恐怖に耐えきれずに上げた叫び声のように。

一瞬、呼吸が止まる。まさか玄関ホールだろうか。いやけど一体、誰の——と、はやる気持ちで考えたところで、

「……円花さん、ですかね」

ぽつり、と皓少年が言った。

そんな、と否定しようとしてできなかった。つい先ほどまで二号室の前で膝《ひざ》を抱えていた円花さんの姿が、跡形もなく消えてしまっていたからだ。

そして。

一足早く駆け出した白水青年の背中を追って玄関ホールに辿《たど》り着くと、

（よ、よかった、無事だ）

電球の灯《とも》ったシャンデリアの下には、蒼白《そうはく》を通り越して土気色の顔をした円花さんが、何かに憑《つ》かれたように茫然と立っていた。駆けつけた面々を見ると、いやいや、と子供

がむずかるように首を振って、

「み、水を飲みたくて、玄関ホールに。そ、それで、電気をつけなきゃって思って。そしたら——そしたら、上に」

——上？

次の瞬間、カツン、と頭上から何かが降ってきた。つられて視線を落とすと、小さな白い塊が石の床に転がっている。

「……え？」

歯、に見えた。歯根《しこん》のついた人間の歯だ。

と、さっとそれを拾い上げる白手袋の手があった。棘だ。たしか先ほど篁さんと二人で一階の戸締りを確認しに行ったはずだけれど。

一呼吸後、薄刃のように目を細めた棘は、不快げに鼻を鳴らして、

「さて、虫歯があるのを見ると、どうも本物のようですね——おそらく頭上のアレも」

言いつつ視線を上げた。つられて青児も頭上を見上げる。

——目があった。

いや、目ではない。穴だ。目のあるべきところに黒い穴が二つ。が、同時に、それはたしかに人の顔をしていた。

——嗤《わら》っている。

一瞬、そう見えた。剝《む》き出しになった歯列が、笑っているようにも見えたからだ。仄《ほの》

かに光る白髪に縁どられた顔が、シャンデリアの腕木の間から青児を見下ろしている。
そして、それが――両の目玉をえぐられ、下顎《したあご》を外され、シャンデリアの上に置かれた生首だと気づいた瞬間、喉が裂けるほどに絶叫した。

――それから。

しばらくは、ただ混乱のままに時間がすぎて。

やがて現場検証が始まると、餅は餅屋、検視は探偵と警察――ということで、見事に邪魔者扱いされた青児たちは、二人まとめて隅の方に押しやられてしまった。お手並み拝見――と言えば格好がつく気もするけれど、実質、小学生の社会科見学だ。

（けど、どうやったら、あんな場所に）

生首を直視してしまわないよう薄目をしつつ、頭上のシャンデリアを見上げる。

ざっと見た感じ、床から五メートル近くの高さがある。脚立を使うにしろ、あの高さに届くサイズとなると、運ぶのも隠すのも一苦労だろう。

さらに言えば、バルコニーから身を乗り出しても手の届かない位置だ。玉入れよろしく投げればなんとかなる気がするけれど、腕木に引っかかるかは運次第に思える。

（ところで、さっきから何やってるんだろうな、あれは）

棘だ。先ほど、不意に玄関から出て行ったかと思うと、何事もなかったように戻ってきて、檻《おり》の中の熊よろしく玄関ホールをウロつき回っている。時折、ふむ、と顎《あご》に手を当てているのを見ると、何か考えがあっての行動なのだろうか。

と、やがて社会科見学にも飽きたのか、さて、と皓少年が口を開いて、

「頭上の生首についてですが、〈人喰《ひとく》い猫の仕業〉に見せかけているのは、先ほどの糸魚川さんと同じですね」

「ま、また人喰い猫ですか」

「ええ、たとえばヒョウなんかが獲物を木の上に引っ張り上げると、あんな感じになるんですよ。上の犬歯を両目に突き刺して、下の犬歯を後頭部に引っかけるんですが、結果としてあんな風に下顎の外れた状態になるんですね」

「ま、まさか、本気で黒猫の仕業ってことは――」

「ふふ、それはないですね。黒猫が喰いちぎったにしては、首の切断面がなめらかすぎますから。斧《おの》か鉈《なた》を使ったんじゃないかと」

さ、左様で。

が、あの生首が伊都さんのものだとすると、やはり気になるのは犯人が誰かということで、〈猫又〉の姿に変わっている人間が一人しかいないことを考えると――。

「……やっぱり白帆さんの仕業なんでしょうか？」

訊ねると、ことり、と首を傾げた皓少年から返ってきたのは衝撃的な一言だった。

「さて、もしかすると――糸魚川さん、かもしれません」

「え、いや、そんな」

そんな馬鹿な――という声が喉の奥で強ばるのがわかった。

思い出してしまったからだ。

糸魚川青年の指先に絡みついた一筋の白髪。もしもあれが、伊都さんの頭をシャンデリアの上にのせる時に抜け落ちた髪が、静電気で袖口《そでぐち》に張りついたのだとすれば――。

「そう、シャンデリアの上に生首をのせることこそが、糸魚川さんが廊下に出た理由だったと考えられるわけです。青児さんが目にしたという保冷ボックスも、伊都さんの生首を運ぶために使用したものだとすれば、犯行現場にあったことも、それを犯人が持ち去ったことも自然なように思えます」

「じゃ、じゃあ、まさか」

伊都さんを殺して、その生首をあの場所に置いたのが糸魚川青年だとして。

その罪によって〈猫又〉の姿に変わった糸魚川青年を白帆さんが殺し、白帆さんもまた、その罪によって〈猫又〉の姿に変わったのだとすれば――まるで人から人へと感染するようにして〈猫又〉の罪が連鎖していることになる。

「や、けど、もしも糸魚川さんが犯人だとしたら、どうやってあんな場所に――」

と言いかけたところで、ボーン、ボーン、とホール・クロックの音が鳴った。時を報《しら》せる鐘が二つ――深夜二時だ。

「……あれ？」

一瞬、何かを思い出しかけたような気がした。

その何かがわからないまま、はてな、と首をひねったところで、

（あ、そうだ。さっきスリゲル型の振り子時計が、急に動き出して――）

はっと南側の壁に目を向けると、コチ、コチ、と何食わぬ顔で揺れる振り子が見えた。文字盤の時刻は、零時十五分。どうやらホール・クロックと比べても、針の進み具合にズレはなさそうだ。

とは言え、一体、どうして急に動き出したのだろう。答えがわからないまま、狐につままれたような気持ちでガン見していると、

「あ」

「おや、どうしました？」

「や、よく見たら、上の方から配線コードがのびてるみたいで」

石壁と同色の配線カバーで目隠しされているせいで気づかなかったのだろうか。その先を辿ると――壁のずっとずっと上、天井の暗がりへと消えている。

と、おや、と今度は皓少年から声が上がって、

「振り子時計をよく見ると、底の方に擦れたような傷がありますね」

「あ、ほんとだ」

皓少年の言う通り、どこかで擦《こす》ったのか、黒漆《くろうるし》塗りが剝《は》げてしまっている。たしか昔、配送業でバイトした時、仏壇を壁にぶつけてこんなハゲができた気がするけれど。

（あれ？　そう言えば、糸魚川さんの手に似たような色合いの汚れがあったような）

それに、他の部分も砂埃《すなぼこり》のようなもので薄ら汚れているように見える。

と、ふむ、と顎に手を当てた皓少年が、しばし考えこむ顔をして、

「……なるほど。もしかすると、生首をどうやってシャンデリアの上に置いたのか、その方法がわかったかもしれません」

「ええっ」

思いきり声が裏返ってしまった。

と、その時。

「あの、本当に一人で大丈夫ですから！　もう私にかまわないでください！」

という円花さんの叫び声が聞こえてきた。別人かと思うほど荒々しい声だ。見ると、自分の体を守るように腕組みした円花さんが、困った顔の篁さんをにらみつけている。

たしか篁さんは、棘に遅れて玄関ホールに駆けつけて以来、円花さんに付き添っていたはずだけれど、漏れ聞こえる声から推測するに、どうやら二号室に戻ろうとした円花さんに同行を申し出て、にべもなく断られた――という状況らしい。

（……無理もない、よな）

なにせ殺人事件が発生して、まだ犯人が誰かもわかっていない状況なのだ。疑心暗鬼になるな、という方が無茶な話で――けれど、実は三号室の白帆さんが犯人である以上、円花さん一人で二号室に戻るのは自殺行為だ。

（ここは篁さんに加勢して、どうにか円花さんを説得するしか……いや、けど、よく考えてみたら俺よりも皓さんの方が適任なんじゃ）

つらつら考えつつ、ぱちりと無意識に瞬《まばた》きをした時だった。

「――え」

一瞬、頭の中が焼き切れたように真っ白になった。

そんな馬鹿な、と否定したいのに声を出せない。酸欠を起こしたように視界が霞《かす》んで、唾《つば》を呑みこんだ喉《のど》に痛みが走った。

なにせ、怯《おび》えたように身を縮めた円花さんの姿が――二尾の黒猫へと変わったのだ。

（いや、だって、ありえないのに）

東翼二階で目にした円花さんの姿は、確かに〈人〉で――なのに今は〈猫又〉の姿に変わっている。となると、この玄関ホールに移動してから、何らかの罪を犯したことになるのだが、円花さんが誰かの視界から外れたことは一度としてないのに。

（け、けど、三四目の黒猫が現れたってことは――）

途端、一気に体温が下がった気がして、青児は震え出しそうな奥歯を嚙《か》みしめた。

伊都さんを殺した糸魚川青年が、一四目。

その糸魚川青年を殺した白帆さんが、二四目。

そして今、三四目が現れたのだとしたら――果たして白帆《二四目》さんは無事なのだろうか。

「……まさか」

全身の毛穴が一斉に開いたような感覚があった。その直後、どくん、と肋骨の下で跳ねた心臓の鼓動を合図にして、矢も楯もたまらず駆け出していた。

転がるように走りながら、直感という以上に、確信めいた胸騒ぎがわき起こるのを感じる。なぜなら――悪い予感ほど、よく当たるのだ。

「――白帆さん！」

東翼二階の三号室に辿《たど》り着いた青児は、ぜいぜい肩で息をしつつ、胃袋の裏返りそうな吐き気をこらえて呼びかけた。が、返事はない。

かまわずドンドンと拳《こぶし》でドアを叩《たた》き、ドアノブを回そうとして――気がついた。

気づきたくなかった。

――鍵がかかっていない。

感電したようにドアノブから手を離した。直後に、ゆっくりと――まるで本のページをめくるようにして三号室のドアが開いていく。

そして青児は、悲鳴一つ上げられないまま、目の前の光景を凝視した。

そこには――死体があった。

鉄格子のはまった窓の手前で、起き抜けのように乱れたベッドシーツの上に、糸の切れたマリオネットにも似た姿勢でうつ伏せになりながら。

首の後ろに咬み痕《あと》を二つ。そして、背中に無数の裂き傷を――黒猫の爪痕をつけて。

糸魚川青年の死体をそっくり真似たように――白帆さんが、死んでいたのだ。

「な……んで」

うわごとのような呟《つぶや》きを聞く者もないまま、青児はこみ上げる吐き気に耐えた。視界が揺らぎ、ぼやけ、腰から下の力が抜けて、立っているのがやっとになる。白く霞む頭で、わかったことは一つきりだった。

また、黒猫が死んだ。二匹目の共食いが起こったのだ。

＊

かくして――ほとんど糸魚川青年の時と同様だった白帆さんの死体の検分を終えて。

ひとまず食堂で休むことになった円花さんと護衛役の篁さん、そもそも戦力外の荊をのぞき、白水青年を陣頭にして内と外をぐるっと捜索することになった。

具体的にいえば、外部から侵入した不審者がいるかどうかの確認と――伊都さんの胴体探しだ。が、結論からいうと、空ぶりに終わってしまった。

念のため北棟との隔壁にあたる格子扉もチェックしたものの、熔接《ようせつ》された閂《かんぬき》に異常は見当たらず、埃《ほこり》や錆《さび》の様子から判断して、人の出入りがなかったのは確実なようだ。

もともと、この獄舎の場合、まともな出入口は玄関扉一つきりだ。

が、棘の証言によると、糸魚川青年の死体を検分した直後、篁さんと二人で一階の戸締りを確認して回った際にも、玄関扉はきちんと内側から施錠されていて、何者かが侵入したり逃走したりした形跡はなかったらしい。

つまり、この獄舎そのものが巨大な密室だったことになる。が、言ってしまえば、この湿原こそが、霧と底なし沼で閉ざされた密室なのだ。

（そのせいで、まだ警察にも通報できてないんだよな）

ついに衛星携帯電話は見つからずじまい。初めは徒歩で助けを呼ぶつもりだったらしい白水青年も、外の様子を見てあきらめたようだ。

無理もない。氷点下まで冷えこんだ夜、一番近くの民家まで二時間以上の道のりを歩くのも骨が折れるのに、底なし沼に怯えながら霧の中を進むとなると――自殺行為だ。

と、脳裏によみがえる声があった。晩餐《ばんさん》の席で耳にした伊都さんの。

〈そうして明日《あした》、生きて夜を迎えることができた者に、私のすべてを託しましょう〉

果たして、明日の夜までに、無事にこの獄舎を出ることができるのだろうか。

――必ず皓少年と二人で生きて帰らなければならないのに。

と、VI号室に戻った青児は、緊張の糸がぷつりと切れたせいか、気絶するように眠りこんでしまった。

そうして一日目の夜が終わって。

翌朝。はっと目覚めた青児が、枕元に置いておいたスマホで時刻を確認すると、すでに九時を回っていた。途端、どっと冷や汗が噴き出るのを感じる。普通に寝坊だ。

（ええっと、皓さんは――）

大慌てで着替えをすませ、すぐさま皓少年のいるV号室に向かうつもりでドアを見ると、二つ折りの紙片がはさみこまれているのに気がついた。

はてな、と首を傾げて引き抜く。見覚えのある手帳を破り取ったらしい一枚には、流れるような万年筆の一文があった――皓少年の字だ。

〈食堂で待っていてください〉

皓少年とはいえ一人で動き回って大丈夫だろうか、とついつい心配になってしまうものの、よく見ると隅の方に手書きのイラストが添えてあった。まさかのヘタウマ系謎生物から、にゅっと吹き出しがのびている。犬かウサギ――いや、穴ウマで猫だろうか。

〈心配しないでくださいね〉

実に皓少年らしいその一言に、すっと肩の力が抜けるのがわかった。息を吸いこんで、パン、と片手で頬を叩く。

そうして、おっかなびっくり廊下に出ると、辺りを警戒しつつ玄関ホールに向かった。そんなこんなで、ようやく食堂に辿り着いた結果――。

「……だ、誰もいない」

がらんとした室内には、白いテーブルクロスの上に朝食の皿が残されているだけで、見事なまでに無人だった。

晩餐と同じテーブルの向こうには、鉄格子のはまった窓が並んでいる。昨夜は気づかなかったけれど、窓下に張り出したスペースに小さな植木鉢があった。

（けど、よかった。無事に朝食が終わったってことは誰も死んでないってことだよな）

ほっと胸を撫《な》で下ろしたのも束の間、けれど、という言葉が脳裏に浮かぶ。

窓の外は、昏《くら》い——というよりも、白い。立ちこめる霧は、一見、一枚ののっぺりした板のようで、しかし目を凝らすと激しくうねりながら動いているのが見てとれた。

一言でいうならば、まさに——。

「まさに五里霧中——という感じでしょうか」

「をわあ！」

突然、背中越しに声をかけられて、尻尾《しっぽ》を踏まれた猫よろしく、ギャッと飛び上がってしまった。さて、毎度お馴染《なじ》みの篁さんだ。

自前らしい黒地のエプロンを見るに、おそらく一足早く起き出して、朝食の準備をしてくれたのだろう。うっかり寝坊をかました食べ専としては、後光がさして見えるほどのありがたさだ。が、存在そのものが心臓に悪いのはどうにかならないのだろうか。

「ご気分はいかがでしょうか。よろしければ朝食の用意をさせて頂きますが」

「あ、はい、ぜひ！　あと、えっと、皓さんは——」

「一時間ほど前に朝食をお召し上がりになって、それから西翼一階で探し物をしてみえるようです。なんでも、手袋をお探しとか」

はて、なぜ。

そもそも手袋なら、荷物の中に新品のヤツがあったような——と思うものの、皓少年のことだから、何か考えあってのことなのだろう。

「白水さんと円花さんも、朝食を召し上がった後、それぞれのお部屋に。白水さんは、後ほど食堂までコーヒーを飲みにくると。荊様は、朝食は不要とのことでしたので、先ほどコーヒーと果物をお持ちしました」

……うむ。晩餐でも、ほんの一口二口、スープに口をつけただけで、ほとんどの料理に手をつけていなかった気がするが、まさか光合成可能だったりしないだろうか。どちらかと言うと、夜な夜な生き血をすすっていそうなタイプにも見えるけれど。

「ちなみに棘さんは？」

「さて、まだ朝食は召し上がってみえませんが」

「……やっぱり寝坊中なんですか」

そう、何を隠そうあの探偵は、本人いわく〈低血圧〉とのことで、重度の寝坊癖があるらしいのだが――。

「……よかったら、あとで鼻にワサビつめてきてもいいですかね」

「信州産ならストックがございますが」

くそ、これが平安ジョークか。

思わず戦慄《せんりつ》した青児をよそに、相変わらず見惚《みと》れるような仕草で一礼した篁さんが、

「では、失礼します」

と、しなやかな足取りで厨房《ちゅうぼう》に消えたところで、

「あ」

――思い出した。

（すっかり忘れてたけど、そもそもⅥ号室に泊ることになった原因って、篁さんが鍵を間違えたせいなんだよな）

本来はⅣ号室のはずが、篁さんから手渡されたのがⅥ号室の鍵だったのだ。

――わざとなのか、うっかりなのか。

仮に故意だとしても、ささやかなイタズラではあるのだろう。巡り巡って黒猫の共食いを目撃するはめになったけれど、そもそもトランシーバーをくわえて迷いこんだ黒猫と、その飼い主の伊都さんのせいなのだし――。

（……あれ？　そう言えば）

あの黄色のトランシーバーはどこに行ったのだろうか。テーブルの上に置いたはずだけれど、今朝見た時はなかった気もする。十中八九、テーブルの下に落っこちただけに思えるけれど、万が一なくしたとしたら――と考えたところで。

ニャア、と。

いつの間にか窓下のスペースに陣取ったらしい黒猫が、ぴたっと前足を揃えたあざといポーズで一声鳴いた。

鳴いた――というか、せがんだ、というか、妙に目力が強いというか。

ちょうど厨房から出てきた篁さんが、テーブルの上に朝食の皿を置いたタイミングであることを考えれば、正真正銘のカツアゲ――いや、おねだりか。

「あの……猫と半分ずつってできませんかね？」

おずおずと訊《たず》ねると、思わず噴き出したらしい篁さんがさっと片手で口元を隠して、

「猫の食事がご心配でしたら、先ほど私が手作り食を与えましたので」

「よ、よかった。じゃあ、大丈夫ですね」

なにせ篁さんなので、手作りキャットフードも絶品なのだろう。青児もご相伴に与《あず》かりたいぐらいだ。

（けど、伊都さんが殺されたってことは、飼い主をなくしたってことなんだよな）

黒猫の心情を思うと、どうもしんみりしてしまう。保健所送り——にはならないと思うが、この先、引き取り手を探すことになるのだろうか。

紅子さんの正体が金魚である以上、皓さんにお願いして引き取ってもらうのが難しいのがツライところだ……いや、思い返してみると、猫は食べたら美味いとか誰かさんが言っていたような気がしなくもないが。

あれこれ考えつつ、フレンチトーストのサクフワっぷりを噛みしめていると、

「おや、どうされました？」

篁さんの声につられて背後の出入口を見ると、ゆったりした毛織り風のワンピースにカーディガン姿の円花さんが立っていた。

（……やっぱり、昨日と同じで〈猫又〉の姿のままなんだよな）

同時に、円花さん本人は、ずいぶん憔悴《しょうすい》しているように見えた。寝不足のせいか白目

が充血して、目の下に煤《すす》けたような隈《くま》が浮き出している。

　けれど——ごく単純に考えれば、白帆さんを殺した犯人は円花さんなのだ。現にもう一人の招待客である白水青年は、事件が起きた後にも〈人〉の姿をしたままなのだから。

（けど、ありえないんだよな）

　なぜなら——円花さんにはアリバイがある。

　東翼二階の三号室で、白帆さんが青児たちを門前払いしたあの時、円花さんはすでに玄関ホールに移動していて——そして三号室に駆けつけた青児が、白帆さんの死体を発見するまでの間ずっと、玄関ホールから一歩も外に出ていないのだから。

（円花さんが共犯——というか協力者で、実行犯は別にいるって線も考えられるけど）

が、〈猫又〉に変わった人物が円花さん以外に存在しないとなると——結論として、わけがわからない、の一言につきる。

「喉《のど》が渇いたのでしたら、お部屋まで飲み物をお持ちしますが」

「いえ、その、ミネラルウォーターを買ってあるので大丈夫です。ただ、一人で閉じこもってると、頭がおかしくなりそうで」

　蚊の鳴くような声で応《こた》えた円花さんが、青児の斜め前の椅子に座った。

　正直、気持ちはわかる。痛いほどわかるのだ。けれど、円花さんが犯人側の人間である以上、額面通りに受け取るのはやはりマズイのだろう。

「よろしければ、どうぞ。砂糖やミルクはご入用ですか？」

と、やがてコーヒーポットを手に再登場した篁さんが、熱々のコーヒーを注いだマグカップを円花さんに差し出すと、

「……いえ、ありがとうございます」

消え入りそうな声で応じた円花さんは、ぎゅっと唇を結んだまま、両手で握りしめたマグカップをじっと見下ろした。上の空――というよりは、ひどく思いつめた表情で。

……えーと、どうすればいいんだ、この状況？

「あの、円花さんは――」

沈黙に耐えきれなくなった青児がノープランのまま口を開こうとしたところで、

「――もしかして、妊娠なさってるんですか？」

え、と円花さんと青児の声が重なった。

声の主は、いつの間にかテーブル近くに立っていた皓少年だった。いつも通り、白牡《はくぼ》丹《たん》を肩に咲かせた白装束姿で。

途端、ほとんど条件反射のように、ほっと肩から力が抜けるのがわかった。と、ぽん、ぽん、と青児の背中を叩いた皓少年が、円花さんの正面に腰を下ろして、

「不躾《ぶしつけ》な質問ですみません。ただ、晩餐《ばんさん》の席でワインを口にされませんでしたし、チーズや生ものを避けているように見えましたので、お腹の赤ん坊のために食事に気をつけてみえるのかと」

な、なるほど。

言われてみると、服装も二日続けてウエスト部分にしめつけのないワンピースだ。さっきからコーヒーに口をつけないのも、カフェインを控えているせいかもしれない。けれど円花さんは、肯定も否定もしないまま、ただ気まずげに視線を伏せて、

「いえ、その……ごめんなさい」

貝よろしく口を閉ざしてしまった。

……えーと、ひょっとして触れられたくない話題だったのだろうか。

と、慌てて口を開いた青児が、

「えっと、昨日は色々と怖い目に遭いましたけど、体の具合は大丈夫ですか？」

とっさに助け船を出そうとしたものの、とんだ泥船だったようで、

「さて、怖い――というと、ひとつ円花さんにお訊ねしたいことがあるんですが」

薄く目を細めて、皓少年がそう切り出した。

――獲物を前にして、喉鳴らしをする猫のように。

「円花さんは、糸魚川さんを殺した犯人や、黒い獣が怖くないんでしょうか？」

え、と再び円花さんと青児の声が重なった。はて、質問の意図がよくわからない。たしかに黒猫の存在がトラウマ化しているのは糸魚川青年一人のようだけど、もともと円花さんは、晩餐の後で〈一睡もできずに部屋に閉じこもって〉いたぐらい怖がりで、糸魚川青年の死に対しても人一倍怯《おび》えて憔悴しているように見えたのに。

「一見、円花さんは怖がりに見えますね。けれど円花さんは、糸魚川さんの死体を発見

した直後に、近くの白帆さんや伊都さんではなしに、わざわざ一階の〈治療室〉にいた白水さんを呼びに行ってるんですよ。暗闇の向こうに犯人がいるかもしれない極限状態の中、真っ暗な廊下や玄関ホールを、ろくな灯《あか》りも持たずに、たった一人きりで」

　あ、と思わず声が出た。

　たしかに変だ。死体を発見した時、すでに犯人の姿はなかったとしても、裏を返せば、一瞬後には犯人に襲われるかもしれない恐怖心があったはずなのに。

「そう、怖がりな人には、とても真似できない芸当です。まるで決して自分が襲われることはないと知っていたみたいに」

　血の気を失った円花さんの唇は、感電したように震えていた。

　明らかに動揺している。

　同時に、動揺を押し隠そうとして失敗している――そんな風にも見えた。

「……パ、パニックを起こしてたんだと思います。白水くんは刑事だから、早く知らせなきゃって。あとは自分でもよく覚えてないというか、頭が真っ白になってしまって」

　ようやく返ってきた円花さんの声は、怯えたように震えていた。が、理屈としては筋が通っているし、とくに不自然さも感じない。

　しかし皓少年は、一見、邪気のない笑みで嗤《わら》いかけながら、

「なるほど、それなら、その後に玄関ホールで伊都さんの生首を発見した時も、頭が真っ白になっていたのかもしれませんね。なにせ、自分の部屋にミネラルウォーターがあ

るのを忘れて、食堂まで水を飲みに行こうとしたぐらいなんですから」

途端、見えない手で頬を叩《たた》かれたように、円花さんが目をみはった。同時に青児の脳裏によみがえったのは、つい先ほど耳にしたばかりの会話だ。

〈喉が渇いたのでしたら、お部屋まで飲み物をお持ちしますが〉

〈いえ、その、ミネラルウォーターを買ってあるので大丈夫です。ただ、一人で閉じこもってると、頭がおかしくなりそうで〉

では、まさか。

水を飲もうとして玄関ホールに――という円花さんの説明は真っ赤な嘘だったのか。

「あの、私は……」

今や円花さんは、はっきりと見てわかるほどに震えていた。血の気を失った顔は、もはや紙の白さだ。

と、そこで。

「や、どうも。どうしたの、みんな揃って」

場違いに朗らかな声とともに白水青年が現れた。

そして、背中に小石でもぶつけられたように、ぎょっと振り向いた円花さんに半笑いの顔を向けると、片手で眠そうに頬をこすって、

「やっぱりどうも頭が冴《さ》えなくてね。円花ちゃん、悪いけど一杯もらえるかな？」

「え、いや、よかったら俺が――」

とっさに腰を浮かしかけた青児よりも先に、ガタン、と弾《はじ》かれたように円花さんが椅子を引いた。それきり脱兎《だっと》の勢いで厨房《ちゅうぼう》へと逃げ去ってしまう。

（というか……正真正銘、逃げられた、よな）

　ひょっとして白水青年は、わざと円花さんを逃がしたのだろうか。

　考えてみると、子供の頃から顔見知りの従姉妹《いとこ》が、霊感少年と雑用アシスタントの二人組にからまれていたら、とりあえず助け船を出すのが人の道かもしれない。

（それに白水さんは、円花さんが〈猫又〉の姿に変わってるのを知らないわけだし）

　もしも可能なら、円花さんに気をつけるよう、それとなく警告した方がいいのかもしれない。けれど、どうやって――と内心青児がうめいていると、

「白水さんは、糸魚川さんたちを殺した犯人を誰だと思いますか？」

　率直すぎるほど率直な問いかけは、皓少年のものだった。

　と、いつの間にか窓辺に立った白水青年は、ごろん、と鉢植えの横に寝転がった黒猫の頭を撫《な》でると、肩越しに振り向きながら苦笑して、

「とんでもなく直球だねえ。けど、せっかくだし聞いてもらおうかな」

　半分笑っている声でそう言った。

　口ぶりから察するに、白水青年なりの仮説があるのだろう。よく見ると、白目が充血して目の縁に隈が滲《にじ》んでいるところからして、夜通し考えた結論なのかもしれない。

「伊都さん、じゃないかと思ってるよ」

……いや、待った。

伊都さんは、生首になってシャンデリアの上にいるはずでは。

「今夜、アナタがたのもとに黒い獣が訪れます――すべての発端は、伊都さんのあの言葉だからね。となると、やっぱり首謀者は伊都さんで、三十億の遺産を餌にしてターゲットの俺たちをこの獄舎に招《よ》び寄せたんじゃないかと」

「や、けど、伊都さんは、殺された被害者の一人のはずじゃ――」

しどろもどろに口をはさんだ青児に、白水青年はあっさりと首を横に振って、

「あの生首は、伊都さんとは別人だと思うよ。なにせ両目が潰《つぶ》れて、下顎《したあご》が外れてるわけだからね。生前の面影も何もあったものじゃない。でもって、生首にあんな細工をした本当の理由を隠すために、黒い獣――なんて言い出して、糸魚川たちの死体に、それっぽい傷をつけたんじゃないかと」

なるほど、と頷《うなず》く。シャンデリアの高さや玄関ホールの薄暗さを思うと、たとえ別人だとしても見破るのは難しいはずだ。

けれど。

「あの、じゃあ、伊都さんは一体どこに？」

訊《たず》ねると、「それなんだよなあ」と白水青年が苦々しくうめいて、

「笑わないで欲しいんだけど、隠し部屋みたいなものがあるんじゃないかと思って」

「……なるほど、考えられますね」

え、と白水青年と二人同時に声の主を見た。皓少年だ。

肘《ひじ》をついた両手を口の前で組みながら、考えこむように目をすがめて、

「出入口が一箇所しかない以上、万が一火事になったら蒸し焼きですからね。患者による暴動も考えられますし、脱出用の出入口があってもおかしくないと思います」

なるほど。そして、創立者の孫である伊都さんなら、その存在を知っているのも自然なはずだ。が、その在《あ》り処《か》はというと――。

「けど、じゃあ一体どこにって訊かれても、さっぱり見当がつかないんだよね。まあ、凡人に思いつくのはここまで。あとは名探偵の登場を待つばかりって感じかな」

と言った白水青年が、お手上げ、というように両手をホールドアップしてみせた。うむ、さすが警視庁のオブザーバーだけあって信頼されているようだ。

――と。

蒼白《あおじろ》い顔のまま厨房から戻ってきた円花さんが、白水青年にコーヒーを手渡した。わざわざ淹《い》れ直したのか、なみなみとコーヒーの注がれたマグカップから、手でつかめそうなくらい、くっきりした湯気が上がっている。

「ありがと。生き返るよ」

おどけた調子で言ってマグカップを受け取った白水青年は、ふうっと息を吹きかけて一口すすった。そうして熱さに顔をしかめると、しばらくの間はコーヒーに口をつけず、猫の頭を撫でていた。

ここからは白水青年の背中しか見えないけれど、撫でられた猫の方は、ぐいぐい手の平に頭を押しつけるようにして、ゴロゴロと喉《のど》を鳴らしている。どうも猫好きという以上に、まるで飼い主のように見える。まるで一人と一匹でいる方が、誰かと二人でいるよりも自然なように。

と、じっとその姿を見つめていた皓少年が静かな声で口をはさんで、

「ずいぶん棘さんを信頼しているようですが、よく仕事をご一緒されるんですか？」

問われた白水青年は、アハハ、と自嘲《じちょう》気味に笑いながら首を振った。

「いやー、僕は全然。むしろ僕を捜査一課に引っ張ってくれた直属の上司に不破《ふわ》徹志《てつし》って人がいるんだけど、その人が相方って感じかな。僕はしょせん使いっ走りだよ」

うむ、アレとコンビを組んで無事という時点でタダモノではないが、ライダーとか戦隊ヒーローとか、そのぐらいしか想像がつかない。

「世が世なら戦国武将か山賊の頭って感じの人かな。五年前、ある事件で棘さんとコンビを組んで、それ自体は未解決だったらしいけど、そこから定期的にコンタクトをとってるうちに、なんだかんだで不破さんが窓口みたいになっちゃったらしくて。棘さんに協力を要請する時は、メールも電話も、だいたいあの人だね」

つらつら語った白水青年の声は、半分以上笑っていた。察するに、捜査一課内でも屈指のお笑い――凹凸コンビぶりらしい。

（ん？　待てよ、電話やメールっていうと）

とっさに脳裏に浮かんだのは、獅堂家で暁《あ》希《き》人《ひと》氏が殺害された際に〈警視庁の知人〉という人物から棘に届いたメールだった。

〈テメェら全員、俺が行くまでそこ動くな。あと凜堂、今度こそお前は殺す〉

……なるほど、いわゆる類友な感じか。

「不破さん本人は〈もしも俺が殺されても、アイツに解決させるぐらいなら迷宮入りでかまわん〉なんて豪語してるけど、裏を返せば、警察だと迷宮入りになりそうな事件でも、棘さんなら解決できるって信じてるわけだからね。正直、正反対に見えて根っこのところが似通ったタイプっていうか、お互いに信頼してる感じじゃないかな」

ふむ、それなりに名コンビのようだ。迷コンビ、かもしれないけれど。

と、そこで皓少年が口を開いて、

「では、アナタ自身は棘さんのことをどう思いますか？」

「……嫌なこと訊《き》くなあ。まあ、コメントは差し控えるよ。あとが怖そうだしね」

鼻から息を吐いた白水青年が、口の端に力をこめて苦笑しつつ、喉を鳴らしてコーヒーを飲んだ。意外に冷めるのが早いのか、湯気はすっかり消えてしまっている。

そして残りのコーヒーを一気飲みすると、ごちそうさま、と空っぽのマグカップをテーブルに置いた。あふっと聞こえたのは、欠伸《あくび》を嚙《か》み殺した音だろうか。眠そうだ。

「……どうもコーヒーの効き目は薄いみたいだね。ちょっと仮眠してこようかな」

言うが早いか立ち上がった白水青年が、出口に向かって遠ざかっていく。すでに半分以上眠っているように見えるけれど大丈夫だろうか。

「白水さんについては、これから篁さんがそれとなく〈治療室〉の前で見張ってくれるそうですから、大丈夫じゃないかと」

よかった、と思う。同時に、一体どうやって——とも思うけれど、きっと篁さんなら朝飯前なのだろう。一方、円花さんはというと、とっくに退室してしまった後だった。

うむ、完全に逃げられたようだ。

と、くいっと上着のすそを引っ張られて振り向くと、さて、と前置きした皓少年が、悪戯《いたずら》をしかける子供の顔で、

「僕らも、シャンデリアの上の生首とご対面といきましょうか。はたして伊都さんなのかどうか、この目で確かめるために」

……えええっ。

*

気がつくと皓少年の手には、見覚えのない手袋があった。一見して医療用のように見える白い薄地の、いわゆるメリヤス手袋だ。

「ふふ、院長室で鍵《かぎ》をお借りして、西翼一階の倉庫から拝借してきました。開業当時のままなのか、土木作業用のツルハシやロープなんかもありましたね」

「あの、けど、手袋って荷物の中にありませんでしたっけ?」

「いえ、あれは紅子さんの手編みですから、なるべく汚したくなくて」

うむ。紅子さん的に百点満点の回答だろう。きっと花丸だってもらえる。

そんなこんなで辿り着いた先は、シャンデリアの上に生首が置きっ放しになった玄関ホールだった。と、ボーン、とホール・クロックが朝の十時の鐘を鳴らして、

「さて、始めましょうか」

そんな一言とともに、まっすぐ皓少年が視線を上げた先には——南側の壁にかかったスリゲル型の振り子時計があった。

「論より証拠と言いますし、見てもらった方が早いかと思いまして」

言うが早いか、慎重な手つきで正面のガラス扉を開くと、中から振り子を取り外した。仕上げに、壁から外した本体とともに、床に広げたハンカチの上に並べると——。

「——え?」

壁に現れたのは、白いプラスチック製の操作盤だった。中央に棒状のレバーがあるのを見ると、何かのスイッチだろうか。その上から、例の謎の配線コードがのびている。

(え、けど、どうやって振り子時計の裏に——)

慌てて床に下ろした振り子時計を見ると、背板の一部が切り抜かれていた。なるほど、この空洞の中に隠されていたのか。

「ええ、箱状のスリゲル型は、心臓部にあたるムーブメントの周りに空間的な余裕があ

りますから〈目隠し〉に用いるのに都合がよかったんでしょうね」

心なしか皓少年の声が硬いのは、背板を切り抜くという心ない仕打ちに対する憤りだろうか。と、本人も気づいたのか、コホン、と誤魔化すように咳払《せきばら》いして、

「では、早速」

すいっと持ち上がった白い手が、パチン、とレバーを下げた。

途端、頭上の暗がりから聞こえてきたのは、音——というよりも、蜂の羽音に似た空気の振動だった。モーター音、のような。

と、ついっと顔を上向けた皓少年が、獲物の姿をとらえた猫のように目を細めて、

「正解——のようですね」

声につられて青児が顔を上向けると、

「——え」

頭上の光景に、ぽかんと口を開けてしまった。

ゆっくりと——けれど目で見てわかる速度で、みるみるシャンデリアが下降してくる。目を凝らすと、本来は天井に固定されているはずの支柱に、一本のワイヤーが接続されていて、するすると長さをのばしているのが見てとれた。

啞然と固まっているうちに、パチン、と皓少年の手がレバーを戻して、シャンデリアの下降が止まった。皓少年の目の高さよりも、やや低い位置だ。

「ふふ、電動昇降機ですね。天井裏に取りつけたモーターとワイヤーでシャンデリアを

上下させるための装置です」

「さ、さすが、よく知ってますね」

「実は一度設置を検討したことがあるんですよ。シャンデリアを上げ下ろしできるようになれば、紅子さんが掃除をする時、楽になるんじゃないかと思って――結局、大がかりな取付工事が必要と聞いてあきらめたんですが」

うむ、本日二度目の花丸満点だ。あくまで紅子さん採点だが。

と、白手袋をはめた皓少年の手が、シャンデリアの上へとのびた。傷をいたわるような優しげな手つきで、腕木の間に置かれた生首をそっと持ち上げると、

「ふむ、素人目ではありますが、防腐処置が施されているように見えますね」

な、なるほど、たしかに。灰色がかった肌は、どこか蠟《ろう》人形めいた滑らかさで、不思議なほど生々しさを欠いて見える。それに加えて――。

「なんていうか……伊都さんっぽくない感じがしますよね」

白く色の抜けた髪や、顔中に刻まれた皺《しわ》は、晩餐《ばんさん》の席で見た伊都さんの姿と共通しているものの、一番の違いは歯だった。大きく裂けた口から覗《のぞ》く乱杭歯《らんぐいば》は、どこもかしこもすり減って黄ばみ、まばらに抜け落ちてしまっている。

「ええ、ずいぶん歯茎がやせてしまっていますね。発見時に一本抜け落ちたのも、下顎《したあご》を外した影響というより、もともと抜けやすい状態だったのかもしれません。加えて、脂《やに》による汚れ具合を見るに、重度のヘビースモーカーではないかと」

「え、けど、たしか白水さんが、伊都さんは根っから嫌煙家だったって」

　ということは——と考えた途端、ぞわぞわっと悪寒がきた。

「……伊都さんとは別人ってことですか？」

　つまり伊都さんは生きていて、別の誰かが死んでいることになる。

　となると、先ほど白水青年が披露した〈伊都さん生存説〉の通り、犯人は伊都さんということになるのだが——まさかこの誰かも伊都さんに殺されたのだろうか。

「いえ、晩餐の席で伊都さんが〈人〉の姿をしていたことから考えて、この誰かを殺したのが伊都さんである可能性は低いと思います。なんとなく想像はつきますが……どうにも胸糞《むなくそ》悪いのは確かですね」

　深々と溜息《ためいき》を吐くと、気を取り直すように一度大きくかぶりを振って、

「さて、昨夜お話しした通り、シャンデリアの上に生首を置いた犯人は、糸魚川さんだと思いますが——ちょっと当時の様子をイメージしてみましょうか」

　そう前置きしつつ人差し指を立てると、

「まず生首入りの保冷ボックスを手にした糸魚川さんが、この玄関ホールにやってきます。そうして壁から振り子時計を下ろしたわけですが、前面が薄《うっす》ら砂埃《すなぼこり》で汚れている点から考えて、そのまま床の上に直に伏せて置いたんでしょうね——これだけでも言語道断の扱い方ですが、さらに言えば、先に中の振り子を取り外さないとダメなんですよ」

　な、なるほど、とにかく扱い方としてダメダメなのはよくわかった。

「続いて壁のレバーを操作して、降りてきたシャンデリアの上に生首を置きます。おそらくこの時に、抜け落ちた白髪の一本がパーカーの袖口《そでぐち》に付着したんでしょう。仕上げにシャンデリアを元の位置に戻し、壁に振り子時計をかけ直そうとしたところで――思いきり壁にぶつけたんだと思います」

え、と言いかけて、慌てて声を呑《の》みこんだ。

その辺りのことは、おそらく考えるまでもないのだろう。なにせ振り子時計の底には、壁にぶつけて擦ったように見えるハゲができていて、糸魚川青年の右手親指にもよく似た色合いの汚れがあるのだから。

「十中八九、傷跡を誤魔化そうとして、親指の腹でこすったんでしょうね。まあ、理屈で考えれば、さらに傷を広げるだけなんですが。同時に、壁にぶつけた衝撃で、止まっていた針が動き出したんだと思います」

「え」

今度はしっかり声が出てしまった。

いやいや、そんな、叩《たた》けば直る昭和のテレビみたいな。

「いえ、実はゼンマイ式の振り子時計の場合、地震などの衝撃によって振り子玉が大きく左右に揺れた結果、長年動かなくなっていたものが息を吹き返すケースもあるんですよ――不幸中の幸い、と言えるかどうかわかりませんが」

「な、なるほど」

突然動き出した振り子時計を前にして、糸魚川青年はどうしたのだろう。

驚き、混乱、困惑の末、「まあ、放っておけば止まるだろう」という結論に行き着いたのかもしれない。そうして逃げるように玄関ホールを後にした結果、その先で待ちかまえていた犯人――伊都さんに殺されたのか。

と、ごくり、と渇いた喉で唾を呑みこむと、

「えーと、てことは、糸魚川さんは、伊都さんの指示で、シャンデリアの上に生首をのせたってことなんでしょうか？」

「ええ、そうですね。そして、それこそが、糸魚川さんが〈猫又〉の姿に変わっていた理由なんだと思います」

「あの、けど、どうして糸魚川さんは、伊都さんの指示に従ったんでしょうか。生首をシャンデリアの上にのせるなんて、そうとう精神的なハードルが高いと思うんですけど」

「――おそらくは三十億円ですね」

即答した皓少年の声は、心なしか冷ややかだった。底の方に嫌悪を押しこめたような、抑揚のない口ぶりで。

「第一に〈犯罪捜査の専門家〉という棘さんの肩書を耳にした時の糸魚川さんの動揺ぶり。第二に〈今夜、アナタがたのもとに黒い獣が訪れます〉という伊都さんの言葉を聞いた時の糸魚川さんの反応――いえ、無反応ぶりを見るに、糸魚川さんは知ってたんじゃないでしょうか。伊都さんが〈黒猫〉の仕業に見せかけて、招待客たちを〈皆殺し〉

にするのを。だからこそ糸魚川さんは、この獄舎への招待に応じたんだと思います」

「いや、ちょ、ちょっと待ってください！」

思わず待ったをかけてしまった。

「え、じゃあ、糸魚川さんは、伊都さんが自分たちを殺そうとしてるのを知ってて」

「いえ、違います。正しくは、自分以外の全員を——ですね」

くら、と眩暈《めまい》に襲われた気がした。

と、顔から表情を消した皓少年が、淀みなく言葉を続けて、

「つまり糸魚川さんは、伊都さんが自分一人を除いた従兄弟《いとこ》三人を殺すつもりであることを知っていた——その上で、この獄舎を舞台にした殺人事件の〈生き残り〉として、三十億円の遺産を独り占めするつもりだったんですよ。殺人計画の共犯として協力することを条件に、遺言状で相続人に指名する——と、伊都さんとはそういう取り決めだったんだと思います」

そんな、と否定しようとして声にならなかった。

思い出してしまったからだ。晩餐の席で、白水青年が口にした一言を。

〈糸魚川も、白帆ちゃんも、いつもなら三十億円の遺産を餌にしたところで、のこのこ招待に応じるタイプじゃないんだよ。なにせヒキコモリにアルコール依存症で、二人ともどうせ自分なんかが選ばれるわけがないって知ってるからね〉

横で聞いた時には、売り言葉に買い言葉の挑発だと思ったけれど、白水青年の言う通

り、今回の招待に応じたこと自体が、糸魚川青年にとって〈ありえないこと〉で、その裏に伊都さんの殺人計画があったのだとしたら。

「たぶん犯人である伊都さんにとっても、この取り決めは都合がよかったんじゃないでしょうか。自分が〈殺す側〉の立場だと相手に錯覚させることで、恐怖心や警戒心を奪い取ることができますから」

途端、ぐっと喉の奥から苦い胃液がこみ上げるのを感じた。

脳裏に糸魚川青年の死に顔が思い浮かんだからだ。その目に宿った恐怖と——驚愕《きょうがく》。

まさか第一の犠牲者として殺されるなんて夢にも思っていなかったような。

と、そこで。

「——え？」

頭上から足音が聞こえた。見ると、階段を駆け下りてくる円花さんの姿がある。

（マ、マズイ。い、いくら何でも、いきなり生首とご対面なんて胎教に悪すぎる！）

慌てた青児が、あたふたと皓少年ごと背中に隠したところで、円花さんのフラットシューズが玄関ホールの床を踏んだ。

が。

「……あれ？」

脇目もふらずに——という言葉通り、そもそも青児たちが視界に入っていない様子で食堂へと駆けこんでいく。

まさに顔面蒼白《そうはく》な様子で、ぎゅっと唇を噛《か》みしめながら。

はて、何かあったのだろうか。

「あの、ちょっと円花さんの様子を見てきま……おわ！」

扉に近づいた途端、中から駆け出してきた円花さんと肩からぶつかってしまった。同時に、円花さんの手から滑り落ちたらしい何かが、コツン、と床で音をたてる。

——え。

驚きの言葉もないまま、ぽかんと青児は口を開けてしまった。

足元に転がったそれが、ひどく見覚えのある代物に見えたからだ。薄緑色をして、伊都さんのものとそっくり同じ——小型のトランシーバーだ。

「あの、それって……ひょっとして伊都さんのと同じヤツじゃ」

投げた小石が当たったように円花さんの肩がビクッと跳ねた。そうして青児の視線の先——床のトランシーバーに気づいた瞬間、ヒッと悲鳴を上げる。

「あ、あの、これは、その……ごめんなさい！」

上ずった声で叫ぶや否や、片手でトランシーバーをつかみ、脱兎《だっと》のごとく二階へと逃げ去ってしまった。な、何だったんだろうか、あれは。

「さて、その原因を探るために、ちょっと食堂を調べてみましょうか」

言うが早いか、いつの間にかシャンデリアを元の位置に戻したらしい皓少年が、すたすたと食堂の中に入っていく。そして、慌てて後を追いかけた青児と二人で、あれこれ室内を探し回った結果――。

「……なるほど、これですね」

と言った皓少年の視線の先には、窓辺に飾られた小ぶりな植木鉢があった。ホワイトセージだろうか。近くで見ると、手入れがあまりよろしくないのか、土の表面が黒っぽい苔《こけ》で覆われてしまっている。

「……ん？」

一瞬、場違いな匂いを嗅《か》いだ気がして、青児はパチリと瞬《まばた》きをした。水や肥料の臭いにまざって、いや、それ以上の強さで鼻腔《びこう》をくすぐる、この芳香は――。

「……コーヒー、ですか？」

そんな馬鹿な、と思って植木鉢の下に敷かれた受け皿を見ると、なんと茶褐色の液体が溜《た》まっていた。正真正銘のコーヒーだ。

（まさか水差しと間違えてコーヒーポットで水やりした……とか？）

おずおず植木鉢を覗きこむと、黒っぽい苔の表面に白い欠片《かけら》状の何かが落ちているのに気づいた。砕いた錠剤――のように見えるけれど。

「睡眠薬ですね。おそらく円花さんが白水さんに仕こんだものじゃないかと」

「ええっ」

さらりと告げられた衝撃の事実に思わず声が裏返ってしまった。

「先ほど、白水さんに頼まれてコーヒーを淹《い》れた際に、粉末状に砕いた睡眠薬をまぜたんだと思います。溶けやすいよう、わざわざ淹れ直したようですが、結局、砕き損ねた欠片が溶け残ってしまったんでしょうね。そして、それに気づいた白水さんが、飲んだフリをして植木鉢に捨てたんじゃないかと」

そう言えば——と一拍遅れて青児も思い当たった。

円花さんからコーヒーのマグカップを受け取った白水青年は、ふっと息を吹きかけて一口すると、しばらくコーヒーには口をつけないまま、黒猫の頭を撫《な》で続けていた。

(ひょっとして、あの時)

青児たちに背中を向けて手元を隠しながら、マグカップの縁を植木鉢の上に傾けて、少しずつ中身を注ぎ入れていったのだろうか。

言われてみると、白水青年がコーヒーを飲み干した時には、あれほどくっきりと立ち上っていた湯気が、跡形もなく消えてしまっていた。

当時は、意外と冷めるのが早いんだな——としか思わなかったけれど、すでにあの時、マグカップの中身は空っぽだったのだろうか。

いや、けれど、そもそもわからないのは——。

「ちょ、ちょっと待ってください。なんで円花さんが白水さんに睡眠薬なんて」

訊ねようとして——途中でわかってしまった。そう、ごく単純に、三十億円の遺産に目がくらんだ人間は、糸魚川青年一人だけではなかったという話なのだ。

「ええ、円花さんもまた、糸魚川さんと同じように、伊都さんの〈招待〉に応じた共犯者なんだと思います。だからこそ次のターゲットである白水さんに睡眠薬を仕こんだんじゃないでしょうか——おそらくは伊都さんの指示で」

そんな、と言いかけた声が、喉の奥でかすれてしまった。では、もしも白水青年が睡眠薬に気づかないままコーヒーを飲んでいたとしたら——。

「十中八九、治療室に戻った白水青年が、睡眠薬の効果で眠りこんでいる隙に殺害する予定だったんでしょうね。糸魚川さんや白帆さんと同じようにスタンガンで気絶させようにも、現役刑事の白水さん相手では返り討ちにあわないとも限りませんから」

かたや余命一年と宣告された重病人、かたや健康そのものの若手刑事。本来なら伊都さんには敵《かな》うはずのない相手なのだ。そして、その力関係を逆転させるための手段が睡眠薬なのだとしたら——。

「は、早く止めに行かないと！」

思わず青児が駆け出そうとした瞬間、ぐいっと皓少年に襟首をつかんで止められてしまった。ステイ、と言われた気がする。

「ふふふ、慌てなくても大丈夫ですよ。そもそも、白水さんが睡眠薬入りのコーヒーを飲むフリをして捨てたからこそ、鉢植えがコーヒーまみれの状態なわけですし」

「や、けど、さっき食堂を出る時、白水さんがやけに眠そうにしてた気がして」

「おそらく演技でしょうね。円花さんに睡眠薬入りコーヒーを飲んだと思いこませるために、効き目のあったフリをしたんだと思います」

「え、いや、何のために――」

言いかけたところで、はっと一つの可能性に思い当たった。

白水青年は警視庁捜査一課の刑事なのだ。

さらに言えば、もともと〈伊都さん生存説〉を主張していたのも白水青年で、伊都さんの所在がつかめないことに焦燥をつのらせた結果、自分を囮にして伊都さんをおびき出そうとしたのだとしたら――。

「まさか自分を殺しにきた伊都さんを返り討ちにして捕まえるために、睡眠薬が効いてるフリをしたとか、そんな無茶なことしようとしてるわけじゃないですよね？」

言いながら「いやありえる」と思ったのは、もとは捜一の刑事だという鳥栖青年が、いかにもそんな無茶をしでかしそうなタイプだからかもしれない。一見、沈着冷静に見せかけて、投げやりと無鉄砲の権化なのだ。

けれど皓少年は、肯定も否定もしないまま、うーん、と曖昧《あいまい》に首をひねると、

「白水さん本人に聞いてみないことには、まだなんとも。ただ危険な状況なのはたしかですから、一度、見張りの篁さんに様子を確認して――」

言い終える前に、短い電子音が鳴った。信玄袋にしまった皓少年のスマホだ。圏外にもかかわらず、電子メールを受信したらしい。はて、このパターンは、もしや――。

〈白水さんは無事ですのでご安心ください〉

案の定、篁さんだった。よかった、と胸を撫で下ろした青児に対し、憮然《ぶぜん》とスマホを

信玄袋の底に押しこんだ皓少年は、コホン、と気を取り直すように咳払《せきばら》いをして、

「さて、昨夜、この獄舎で起こったことは、黒猫たちの共食いです。糸魚川さんと白帆さんは、命を奪われた被害者でありながら、同時に加害者でもあった――僕は、糸魚川さんや円花さんだけではなく、白帆さんもまた伊都さんの共犯者だったと考えています」

言いながらテーブルに歩み寄った皓少年は、おもむろに椅子の一脚を引くと、その向かいに青児が腰を下ろすのを待って、

「では、順を追って考えていきましょうか。まずは第一の犠牲者である糸魚川さんです。死体発見直後も〈人〉の姿のままだった円花さんと白水さんの二人は、容疑者から除外されます。残りは、直後に〈猫又〉の姿に変わった白帆さんと、生首を身代わりにして姿をくらました伊都さんですが――僕は、糸魚川さんを殺したのは伊都さんじゃないかと考えています」

「え、どうしてですか？」

「――凶器ですね」

はて、凶器というと――たしかアイスピッケルだったような。

「そう、致命傷になったのは、鋭利な突起物による背後からの一突きです。それも的確に左肺の動脈を刺し貫いています。しかし白帆さんにはアルコール依存症による手の震えがありました。素面《しらふ》で狙いを定めるのは無理があるのではないかと」

な、なるほど。晩餐《ばんさん》が始まる前に白帆さんの手が震えていたのは、緊張や寒さではな

く、アルコール依存症の症状によるものだったのか。

（えっと、けど、酒を飲めば、手の震えが止まるって聞いたことがあるような）

けれど三号室から出てきた白帆さんからは、とくに酒臭さを感じなかった。では、素面に近い状態だったわけで、やはりアイスピッケルによる犯行は不可能になる。が、そうなると、さっぱりわからないのは——。

「あの、けど、白帆さんは、糸魚川さんが亡くなった時点で〈猫又〉の姿に変わってましたよね？」

「ああ、あれは、犯人の伊都さんに隠れ場所を提供したせいだと思います。つまり、糸魚川さんが殺害された直後に、犯人の伊都さんを自室の三号室で匿ったんです」

あっさり告げられた衝撃の事実に、へ、と間の抜けた声が出てしまった。

対して、柔らかな苦笑を返した皓少年は、しかし言葉だけは滔々《とうとう》と、

「おそらくは、犯行現場を目撃した青児さんが悲鳴を上げた直後ですね。第二発見者の円花さんの耳に届いたということは、当然、犯行現場にいた犯人にも聞こえたはずですから、誰かが駆けつける前に一刻も早く姿を隠す必要があったわけです。けれど、北棟の閉鎖によって獄舎中の動線が玄関ホールに集中してしまっている以上、階をまたいで逃げようとすれば、誰かと鉢合わせする危険性が高くなります」

と、そこで一つ息を吸って、

「となると、選択肢は四つですね。他の部屋は、そもそも鍵《かぎ》が錆《さ》びついて使用不可能な

状態だったわけですから。つまりは、糸魚川さんの一号室。円花さんの二号室。白帆さんの三号室。そして、伊都さん自身の私室である四号室です」

考えてみると――いや、考えるまでもないほど単純な話なのかもしれない。

当時、一号室と四号室は、白水青年が念入りに調べていたはずで、さらにその後、反応のない白帆さんに呼びかけるため、隣室の二号室にも出入りしている。

となると消去法で――伊都さんが隠れていた場所は白帆さんのいた三号室だ。

――思えば。

〈それはそれとして、もうこの扉は体当たりで吹き飛ばすしかないのかな〉

激しいノックにも無反応だった白帆さんが突然姿を現したのは、白水青年がそう口にした直後だった。あれはまさか、白水青年の体当たりを阻止するためだったのだろうか。

一瞬、くらっと眩暈《めまい》を覚えた青児は、雨に濡《ぬ》れた犬のように、ぶるっと身震いして、

「え、てことは――白帆さんは、伊都さんを部屋の中に匿ったせいで、三号室の中で殺されたってことですか？」

「ええ、そうですね。おそらくは、僕らが玄関ホールでシャンデリアの生首を見上げながら右往左往しているうちに。そして白帆さんが殺害されたタイミングで、共犯者の円花さんが〈猫又〉の姿に変わったんだと思います」

「あの、けど、犯行現場が三号室だとしたら、ずっと玄関ホールにいた円花さんが共犯になるのは無理がある気が――」

が、訊ねられた皓少年は、あっさり首を横に振って、

「いえ、玄関ホールに移動したからこそ、円花さんにできることがあるんですよ」

はて、何だろう。

「玄関ホールでシャンデリアの生首を発見して悲鳴を上げることです。当時、東翼二階の廊下には僕たち三人がいました。同時に伊都さんは、扉一枚隔てた三号室の中で白帆さんを殺害しようとしていたわけです。だからこそ、白帆さんの悲鳴やうめき声が廊下にもれないように、円花さんの悲鳴で人払いしたんじゃないかと思います」

驚きで喉がつまってしまった。

そう、当時、荊一人を除いた全員が玄関ホールに集まっている。それは同時に三号室の前が無人だったということで——伊都さんにとって絶好の犯行機会でもあったのか。

「じゃ、じゃあ、二号室の前にいた円花さんが、玄関ホールに移動したのは——」

「伊都さんの指示によるものだったんでしょうね。だからこそ〈水を飲もうとして玄関ホールに〉なんて嘘を吐いたんだと思います」

けれど、そうなると気になるのは——。

「円花さんは、どうやって伊都さんから指示を受け取ったんでしょうか？　さっきの話だと、伊都さんはずっと三号室にいたわけで、そんな機会なさそうに思えるんですが」

まさかテレパシーなわけないし——と青児が首をひねっていると、

「——トランシーバーですよ」

あ、と驚きの声が口をついて出てしまった。

そうだ、つい先ほど円花さんが落とした小型のトランシーバー。黒猫がくわえてきたものとそっくりだと思ったけれど、もしもあれが伊都さんから円花さんに手渡されたもので、〈共犯者〉として伊都さんの指示を受けるためのものだったとすれば――。

〈あの、それって……ひょっとして伊都さんのと同じヤツじゃ〉

と言った時、円花さんの顔に恐怖が浮かんだ理由もわかる。円花さんにとってあのトランシーバーは、犯人である伊都さんとの繋《つな》がりを示す物理的な証拠だったからだ。

「さて、振り返ってみると、玄関ホールで生首を発見する直前、二号室の前に座りこんだ円花さんは、膝《ひざ》を抱えてブツブツ独り言を呟《つぶや》いていたかと思います。が、もしかすると膝の間に隠したトランシーバーで伊都さんと通話していたのかもしれませんね」

という皓少年の声に、氷漬《づ》けになった手で背中を撫でられたような気がした。

信じられない、というよりも、信じたくない、のかもしれない。

では、円花さんは――誰よりも糸魚川青年の死に打ちのめされているように見えたあの時、犯人である伊都さんから、次の標的を殺すための指示を受け取っていたのか。

と、青児の表情を読んだらしい皓少年が、低く抑えた、しかし淀《よど》みのない口調で、

「人殺しは、誰にでもできるものじゃないかもしれません。けれど、殺人犯に指示されて、もともと嫌っている人間を見殺しにするぐらいなら、誰にだってできる――そういうことなんだろうと思います。命令に従うだけなら、時に人は驚くほど自分自身の行動

に責任を感じなくなるものですからね」

　声は静かだった。静かすぎるほどに。

「善悪の悪をなすにあたって、その罪を負うのは自分ではないという前提が存在するだけで、人は自分の起こす行動と結果に、信じられないほど鈍感になりえるんですよ。悪を外部化する――悪いのは自分以外の何かだ、と証明することさえできれば、時に人は自分で思っている以上にたやすく悪をなしえます」

　わかる――ような気がしてしまった。

（いや、けど、皓さんの言う、悪の外部化とかじゃなくて）

　その動機になった三十億円の方だ。

　犯人を部屋の中に匿う、飲み物に睡眠薬をまぜる――その理由が〈大金に目がくらんで〉となると、とんでもない悪行のように聞こえるけれど、たとえば三千万円の借金に追われてネットカフェを彷徨《さまよ》っていた時みたいに、本人にとってはどうしようもない悩みや苦しみがあって、そのすべてを解決できる魔法が三十億円なのだとしたら。

（俺の場合、ヒッタクリとか万引きとか、そういうことは一度もしなかったけど）

　それは単に現実から目をそらしていただけで、何もしなかったからこそ、犯罪から遠いところにいられたのだとしたら、そうじゃない誰かを責める資格はあるのだろうか。

「……あの」

　粘つく唾《つば》を呑《の》みこむと、喉《のど》の奥が小さく鳴った。「何か言わなければ」と「何も言えない」の二つがせめぎあって、結局、無様なうめき声にしかならない。

と、ふっと小さく息を吐いた皓少年が、ぽんぽん、と青児の頭を叩《たた》いて、

「僕は、我欲を悪とは思いません。自分自身を幸せにしようとすることは——そのための努力は善いことだと思いますし、そうあって欲しいと願っています。けれど、自分の幸せのために〈傷ついてもいい誰か〉や〈死んでもいい誰か〉を選ぶことは悪ですね」

そう一息に言った皓少年は、これまでよりも長い沈黙を置くと、

「しかし、気になるのは伊都さんの行方ですね。糸魚川さんの時と同じように、白帆さんを殺害した後で、円花さんの部屋に逃げこんだのだとしたら、ひょっとすると今も二号室に——」

言いかけた途端、信玄袋の底で電子音が鳴った。篁さんから、まさかの二通目だ。

〈先ほど円花さんが食堂に向かった際、少々ドアをピッキングして二号室の中を検《あらた》めさせていただきました。残念ながら伊都さんの姿はありませんでしたので、あしからず〉

……うむ、もはやあの御仁は何でもありだ。

が、となると伊都さんは、一体どこに消えたのだろうか。

(結局、伊都さんの姿をまともに見たのは、晩餐の席が最後なわけで)

考えたところで、はっと思い至った。

そう言えば——東翼二階の廊下で黒猫の共食いを目撃する直前、青児は伊都さんとトランシーバーで通話している。となると、共犯者である円花さんや白帆さんを除いて、

伊都さんと最後に会話したのは、青児ということになるのではないか。

(何か手がかりになりそうなことは——って、あれ？)

違和感、のようなものがあった。いや、胸騒ぎだろうか。テストで名前を書き忘れた時のように、何か途轍もない見落としをしでかして、それに気づけずにいるような。

(——まさか)

気づいた瞬間、ひゅっと心臓が縮んだ気がした。

——忘れていたのだ。

黒猫の共食いを目撃して、息せきかけてV号室のドアを叩いたあの時、玄関ホールまで黒猫を送り届けたことや、それ以降の一部始終について皓少年に伝えたけれど、それ以前の——たとえば伊都さんとの会話についてはすっかり伝えそびれてしまっている。

「す、すみません、あの！」

「いえ、落ち着いて。慌てなくて大丈夫ですから、ゆっくり話してください」

どうやら表情から何か悟ったらしい皓少年が、ぽんぽん、と青児の頭を叩く。

と、なんとか落ち着きを取り戻した青児が、黒猫に叩き起こされてから、伊都さんとのトランシーバーの通話を終えるまでの一切合切を、どうにかこうにか伝え終えると、

「……なるほど」

ふむふむ、と話を聞き終えた皓少年が、ゆらりと持ち上げた片手で口元を覆った。はた目にも、瞳《ひとみ》の奥で目まぐるしく思考が回転しているのが見てとれる。

が、しばらくすると、ふうっと息を一つ吐いて、

「以前よりも、よく見てくれているな、と思いますね。たとえば時刻なんかの細かなところまで。それだけ気をつけてくれている——ということなんでしょうが」

言いながら、わしゃわしゃ、と青児の頭を撫でた。が、どことなく指先に力がこもっていない、というか、上の空なのは気のせいだろうか。

と、難しげな顔をした皓少年が、うーん、と腕組みをして、

「念のため確認させてください。〈黒猫がお休みの邪魔をしてしまったようで申し訳ありません〉と最初に伊都さんは言ったんですね？　そして、通話が終了したのは、零時四十九分だった、と」

「え、はい、だと思います、けど」

さては記憶違いか、と慌てた青児が、どうにか正しい記憶をひねり出そうと、うんうん頭を抱えていると「いえいえそうではなくて」と止めに入った皓少年が、

「……さて、どうも厄介なことになりましたね」

いつになく険しい顔つきをして、しばらく考えこむように押し黙った。

と、何かをあきらめたようにふっと息を吐き出すと、パン、と両手を打ち合わせて、

「とりあえず、差し当たっての問題から片づけましょうか。まずは、密室だったはずのVI号室にどうやって黒猫が迷いこんだのか——という問題です」

え、と喉の奥で息がつまった。

「……み、密室？

「就寝前、青児さんはドアの内側にあった掛け金で施錠していますよね。つまり、たとえ合い鍵《かぎ》があったとしても、外からは開閉不可能な状況にあったわけです。となると黒猫が自力でⅥ号室に侵入するのは不可能になります」

「や、けど、ドアには格子窓がついてて、そこに隙間があいてますよね？　あの黒猫ならジャンプして頭を突っこめば、するっとくぐり抜けられるんじゃ——」

思わず反論してしまった青児に、「いえいえ、それは無理なんですよ」とあっさり首を振った皓少年は、ぴんと人差し指を立てて、

「その格子窓が、目隠し用の蓋《ふた》つきだからです。つまり黒猫がドアを突破するためには、廊下側に立った人間が金属製の蓋を持ち上げて、鉄格子の隙間から黒猫を押しこむ必要があったわけです」

「え、じゃあ……えええっ」

——まさか。

ということは、まさか——偶然迷いこんだ黒猫によって引き起こされたあの一連の騒動は、誰かの手で仕組まれたものだったのか。

「ええ、伊都さんいわく〈黒猫がくわえて逃げた〉というトランシーバーも、実は猫と一緒に格子窓の隙間から投げ入れたものだったんですよ。そして、その誰かというのは黒猫が青児さんの部屋にいることを知っていた人物——つまり伊都さんなんですよ」

見えない手で殴られたように、くらっと眩暈《めまい》がした気がした。

では、直後に黒猫の共食いを――糸魚川青年が殺された現場を目撃したことそのものが、伊都さんの企《たくら》みだったのか。

「いえ、それは違いますね。青児さんが糸魚川さん殺害の現場を目撃したのは、黒猫が東翼に向かったからで、それを青児さんが追いかけるのも、伊都さんには予測不可能だったわけですから。となると伊都さんの目的は、青児さんをVI号室から玄関ホールへ移動させること――つまりVI号室を無人にすることにあったと考えられます」

はてさて、一体どういうことだ。

頭に疑問符を浮かべた青児が首をひねっていると、

「では、ひとつヒントを出しましょうか」

と言った皓少年は、すいっと片手を下ろして、

「ひょっとして朝起きた時、テーブルの上にトランシーバーが見当たらなかったんじゃないでしょうか？　もしも当たっているなら、就寝前にVI号室に戻った青児さんが、再び内鍵をかける前に――つまりVI号室を不在にしている間に、合い鍵を持った誰かが侵入して、テーブルの上のトランシーバーを持ち去ったんじゃないかと思います」

その誰かとは――まさか伊都さんなのか。

ごきゅ、と青児が唾を呑みこんだのと同時に、カタン、と皓少年が椅子から立ち上がった。そしてリードを手にした飼い主が、愛犬に散歩を呼びかける調子で、

「では、Ⅵ号室に行きましょうか」

そんなこんなで。

玄関ホールの階段を上って西翼二階のⅥ号室に移動すると、やはりテーブルの上からトランシーバーが見当たらなくなっていた。

そして、念のため四《よ》つん這《ば》いで床を捜し始めた青児を尻目に、ぐるっと独房めいた室内を見回した皓少年は、何かに納得したような表情で頷《うなず》いて、

「なるほど。隣のドアとの間隔から予想した部屋の幅よりも、ずいぶん手狭ですね。となると、壁の中に何かありそうに思えます」

言うが早いか、ついっと青児の顔の前に手を差し出すと、

「すみませんが、煙草を一本くれませんか」

「ええええっ」

ま、まさかの喫煙デビューか。一瞬、刺身包丁を手にした紅子さんに三枚下ろしにされる図が思い浮かんだものの、なにせ皓少年だから何か考えがあってのことなのだろう。

「えっと、ライターで火をつけてから渡した方がいいですかね？」

「ふふ、至れり尽くせりですね。ぜひお願いします」

仰せのままに、と箱から一本引き抜いて火をつけると、たちまち立ち上った煙が、細く尾を引いてゆらりと揺れた。

と。

「……あれ？」

なぜだろう。風やエアコンのない室内なら、本来、真上に立ち上るはずの煙が、ふらっと乱れて一方向になびいた。隙間風でも吹いているのだろうか。

すると。

「やはり当たりでしたね」

と言って、ぱっと青児の手から煙草を受けとった皓少年が、立ち上る煙の行く先を見つめつつ歩き始めた。そうして足を止めた先には――。

「……本棚、ですか？」

V号室側の壁に置かれたガラス扉つきの本棚があった。

「なるほど、ここですね」

何やら意味深に呟《つぶや》いた皓少年が、キイッと小さな軋《きし》みとともに扉を開ける。用済みとなったらしい煙草の火をふっと吹き消そうとして――消えないことに気づいたらしく、青児にバトンタッチと相成った。うむ、初心者あるあるだ。

と、中段にあった背表紙の隙間に手をのばして、何やら奥でゴトゴトやっていたかと思うと、ガタン、と何かが動き出した気配がして、

「えええっ」

まるで外開きの扉のように円弧を描いた本棚が、手前に向かってバタンと開いた。

「ふふ、可動式本棚――つまりは隠し扉ですね。おそらくこの先が、白水さんの言って

いた隠し部屋だと思います」

「ほ、本当にあったんですね」

開いた本棚の奥——つまり隠し通路には、人一人が隠れるのがやっとの、板張りの足場があって、その先の壁に取りつけられた梯子《はしご》が、暗闇の奥へとまっすぐのびていた。

——風がくる。

何年も空気を換えていない、閉ざされた場所から吹き上げる淀《よど》んだ空気。

黴臭《かびくさ》くて、埃《ほこり》臭くて——どこか腐敗臭にも似たその匂いを嗅《か》いだ瞬間、じわりと厭《いや》な汗が脇の下に滲《にじ》むのがわかった。が、一方の皓少年は、まるでそよ風に吹かれたように涼しげな顔で、とことこと梯子に歩み寄ると、

「では、早速、降りてみましょうか」

「え、いや、ちょ……」

皓少年の手が鉄梯子にのびた瞬間、思わず待ったをかけてしまった。

「どうしました？」

振り向いた皓少年が、不思議そうに首を傾げる。

それはそうだろう。これまでは、たとえ行き先が地獄だとしても、半歩先を行く小さな背中についていくことこそが青児の役割で——今だってそうなのだから。

なのに。

——怖かったのだ。

これまでは、皓少年の背中を追いかける度、少なくとも自分よりも先に死ぬことはないという絶対的な安心感があって、とにかく一生懸命その背中を追いかけて、一人にはしないよう側にいて、それから自分のできることを考えればいいと思っていた。

――けれど。

せいぜい自分の身を守るための護身術ていどでも、鳥栖青年から稽古《けいこ》をつけてもらって――そうして以前よりも死ににくくなったからこそ、気づいてしまったことがある。

もしもこの先、皓少年の命が危険にさらされることがあっても――死なせない、と覚悟することが青児にはできない。

百年――というあの約束を果たすためには、青児自身が死なないようにするのと同じように、皓少年も死なせないようにしなくてはならないのに。

「……あの」

何か言わなければ――と思うのに、粘土でもつまったように声を出せなかった。

と、ぽんぽん、と小さな手が青児の頭を叩《たた》いて、

「……なるほど」

ぽつり、とこぼれた皓少年の声は、苦笑に似ていた。あるいは、自嘲のようにも。

そうして、まるで独り言のように。

「青児さんも、僕と同じみたいですね」

え、と訊き返そうとした声を遮るように、ギッ、ギッ、と音がした。

足音——だろうか。踏み板を軋ませながら、何かが、いや、誰かが梯子を登ってくる。

誰かが地下から登ってきているのだ。

(ま、まさか、隠し部屋にいた犯人に気づかれたんじゃ)

頭の天辺から爪先《つまさき》まで、ぞくぞくっと寒気が伝い下りた。

逃げなければ——と思うのと同時に、そんな余裕もないことに気づく。そして、とっさに旅行鞄に飛びついた青児が、中から〈ある物〉を引っ張り出そうとした、その時。

「いえ、大丈夫ですよ。あの足音は、おそらく——」

という皓少年の声に応えるように、ぬっと山高帽にオールバックの頭部が生えた。

——棘だ。

床に下り立つや否や、ふん、と鼻を鳴らして青児たちをねめつけると、パン、と帽子の埃を払って——泥汚れがついているのに気づくと、溜息とともにかぶり直した。

「なるほど、犯人と出くわした方がまだマシでしたね」

「ふふ、僕もそう思います。しかし、てっきり昼過ぎまでお休みかと思ったんですが」

「——日付が変わってから寝てませんので」

まさかの完徹だった。さては一夜漬け明けに寝ないタイプか。

(いや、それよりも、どうも妙に汚れてるっていうか)

スーツの上着を脱いで白シャツの袖《そで》をまくり上げた格好だが、あちこち泥汚れが見てとれる上、隙なく整えられているはずのオールバックが薄《うっす》ら土埃をかぶっている。

と、そんな青児の視線に気づいたらしい棘が、じろ、と鋭い一瞥《いちべつ》を返して、

「シャンデリアの生首の件で玄関ホールを調べた際、南側の壁だけステッキで叩いた時の音が違うのが気になりまして。外側から調べてみたところ、明らかに一箇所、中が空洞になっている部分があったので、おそらく隠し通路だろう、と」

「おや、となると玄関ホールにも隠し扉があったんですか」

「ええ、壁掛け時計の横の、ガラス扉つきの本棚ですね」

あ、と思わず声を上げてしまった。

初めてⅥ号室でこの本棚を目にした時にも、玄関ホールのものと似ていると思ったのは覚えているけれど、ではあちらの本棚も隠し部屋の入口だったわけか。

「では棘さんは、玄関ホールの隠し扉から地下にもぐって、ここに至ったわけですか?」

「いえ、ここの扉と違って、あちらは出口専用でしたので、玄関ホール側からは開けられない仕様でした——なので、やむなく別の手段を」

「おや、どんな方法です?」

「……そちらに教える義理もありませんので」

と、ぎろっと威嚇のこもった眼差しを返した棘は、小さく溜息《ためいき》を吐き出して、

「さて、残念ながら地下の隠し部屋を一通り見て回っても、犯人である伊都さんの姿は確認できませんでした。ただ、くわしく調べてみる価値はあるのではないかと」

——え?

「いや、あの、どうして犯人が伊都さんって――」

しどろもどろに青児が訊《たず》ねると、はっと棘が嘲《あざけ》りに喉を鳴らして、

「シャンデリアの生首が別人ですので。そもそも夜のうちに気づくべきでは？」

……よし、やっぱり呪おう。

そう心に決めた青児が、帽子に鳩の糞が落ちるよう呪詛の念を送っていると、

「さて、どうでしょうね」

ぽつり、と呟いた声は皓少年のものだった。

「犯人は、伊都さん――とは限らないように思いますが」

「は、負け惜しみですか」

負け惜しみ――のようにしか聞こえないのは確かだ。つい先ほどまで、他でもない皓少年自身が、伊都さん犯人説を口にしていたのだから。

けれど。

違う、と青児が感じたのは、皓少年の表情に不意をつかれたせいかもしれない。

感情を押し殺したような無表情で、暗闇の向こうを見透かすように、そっと目をすがめながら。

「何にせよ、黒猫の隠れ場所が見つかったなら、僕らのすることは一つきりですね」

そう、何にせよ、獣の闇が暴かれたのなら、人のすべきことは一つしかない。

――化け猫退治だ。

＊

それから後。

文字通り、その場にわいて出た篁さんのとりなしで、まずは互いの情報を交換することになり、青児と皓からも、円花さんと睡眠薬入りコーヒーの件や、白水青年を除いた招待客三人が伊都さんの共犯である可能性が高いこと——などの話をした。

問題は今なお書斎に閉じこもりきりの荊だが、仲間外れにするのも——とドナドナ呼び出しに向かうと、内側からしっかり鍵《かぎ》がかかって、扉の隙間に二つ折りの紙片がはさまっていた。開いてみると、右肩上がりになった万年筆の字で、

〈仮眠中。起こさないように〉

……じ、自由すぎる。

その後、棘と青児の二人で、VI号室の隠し扉から地下を探索することとなった。ごく単純に、草履履きの皓少年では梯子の上り下りに不向き——と判断しての人選だ。

(けど、篁さんがついててくれるなら、皓さんは安全ってことだよな)

梯子を下りつつ頭上を仰ぐと、VI号室からもれる灯《あか》りが、ずいぶん遠くに見えた。

なにせ地上二階から地下一階までのびる梯子だから、足を踏み外すとシャレにならない。正直、墜落死よりも棘の上に落下して蹴《け》り殺される危険性の方が高そうだけれど。

と、ようやくスニーカーの底が床に着いた。

一足先に下りた棘が胸元から引き抜いたペンライトを点灯させる。慌てて青児もズボンの尻《しり》ポケットに挿していた懐中電灯のライトを点《つ》けた。篁さんからの借りものだ。

（えーと、部屋……じゃなくて、通路？）

黴《かび》で黒ずんだ石造りの壁や天井は、あちこち地下水が染み出して、懐中電灯の光にぬらぬらと反射して見えた。床にも水溜《みずた》まりができて、いかにも滑りやすそうな感じだ。

と、ツカツカと大股《おおまた》で歩き出した棘を追って、おっかなびっくり一歩踏み出すと、

「おわっ！」

早速、つるっと足が滑ってしまった。が、見事に尻餅《しりもち》をついたところで、

（——あれ？）

後ろ頭にかすかな風を感じて、はてな、と青児は目を瞬かせた。いや、風と呼ぶにはささやかすぎる、空気の揺らぎのような。はて何だろう、と首を傾げつつ、懐中電灯の光を向けると、その先は煉瓦《れんが》壁の行き止まりだった。

と、その時。

「——そこの駄犬」

独り言でかいな、アイツ。

「聞こえないなら代わりに一発撃ちますが」

「何です？」

振り向くと、数メートル先の曲がり角に立った棘の前には、鉄の二枚扉があった。顎《あご》の先をくいっと上げる動作を見るに「とっとと走って来い」というご命令のようだ。

うむ、やなこった。

謹んでお断りしたいのは山々だが、「背後から膝《ひざ》カックンで狙われないだけありがたいと思え」と心の中で悪態をつきつつ、小走りで棘のもとまで駆け寄ると、

「さて、ここのようですね」

言いながら、棘の手が扉を左右に押し開けた。

何が、と訊ねるよりも先に、暗闇の奥にひそんだ答えを嗅覚《きゅうかく》がつきとめた。空気そのものが濡《ぬ》れているような、湿っぽくて黴臭い空気にまじる、かすかな腐臭——死臭だ。

「ふむ、元はワイン貯蔵庫でしょうね」

棘の言う通り、扉の奥から現れた室内は、三方の壁が木製の棚で覆われていた。壁、床、天井……とペンライトの光が一巡りしても室内そのものに異常は見られない。

が、異様なものは、すぐ目の前にあった。床の中央になぜか琺瑯《ほうろう》製のバスタブが置かれ、ウイスキーを想わせる濃褐色の水が、ゆらゆらと水面を揺らめかせている。

そして——そこに首無し死体があった。

「なるほど、シャンデリアの上にあった生首の、残りの部分——ということですか」

ぶるっと身震いした青児は、思わず懐中電灯を取り落としそうになってしまった。

連想したのは、ホルマリン漬けの標本だ。

沈んでいるのか、浮かび上がっているのか、あるいはそのどちらもか。顎の下辺りで切断された遺体は、半透明の膜で覆われたようで、まさに蠟《ろう》細工じみて見えた。

と、迷いなくバスタブへと歩み寄った棘が、ふむ、と鼻を鳴らして、

「いわゆる沼沢死体ですね」

独り言のように切り出した。

「北ヨーロッパの湿原で、二千年前に刑罰や生贄《いけにえ》として沈められた遺体が発見される際、指紋などの細部まで保存されているケースがあります。原因は、日本で〈谷地水〉などと呼ばれる、この濃褐色の水です。おそらく底なし沼から汲《く》み上げたものでしょうが、鉄分とともに多くのフミン酸を含んでいるので、天然の防腐剤として機能するんですよ」

な、なるほど。生首を検分した皓少年が〈防腐処置が施されている〉と言っていたけれど、まさか底なし沼そのものが防腐剤だったのか。

けれど。

（えーと、皓さんはこの誰かを殺したのは伊都さんじゃないって言ってたけど、じゃあ、一体、どうしてこんな場所に死体が——）

と、そんな青児の疑問に応《こた》えるように棘が口を開いて、

「おそらく死因は凍死ですね。もっとも手足の凍傷からの所見ですので、確かなことは言えませんが。白水刑事によると、邪魔なペットや人——たとえば認知症の老人なんかが、湿原に置き去りにされるケースもあるそうですから、昨夜のような氷点下の湿原に

放り出された一人が命を落としてしまったのではないかと」

——悲惨だ。

こんな世界の涯《はて》そのものの場所に置き去りにされて、どれほど心細く、苦しかったことだろう。ほんの少し想像しただけで、氷の塊がつかえたように息苦しくなる。

と、不意に棘が鼻の頭にしわを寄せて、

「おそらくこの場所に遺体を〈保存〉したのは伊都さんでしょうが、晩餐《ばんさん》の席では妖怪《ようかい》の姿をしていなかったと聞いてますので、首の切断はそれ以降ですか。何にせよ、とても教育者の所業とは思えませんね」

声には、意外なほど素直な憤りが滲《にじ》んでいた。

と、バスタブの傍らに膝をつくと、尻ポケットから引き抜いた白手袋をはめて、

「しばらく遺体を検分しますので邪魔しないように」

「あ、あの、俺はどうすれば」

「さあ……その辺で草でも食《は》んでいては？」

それ犬じゃなくて牛だからな！

とツッコミを入れたいのをぐっとこらえる。人格はどうあれ、今ここで探偵として犠牲者と向き合えるのは棘一人だけなのだ。それなら邪魔するわけにはいかない。

（えーと、じゃあ俺は、通路に立って見張りを）

そう考えた直後に、気づいた。そう、つい先ほど棘が、地下室で伊都さんの姿を確認

できなかったと言っていたけれど、後から現れる可能性もあるんじゃないだろうか。

となると身の安全のためには、まず地下室への入口を封鎖する必要があるわけで、けれど、それだと犯人の伊都さんを取り逃がすことに——と青児が頭を抱えていると、

「——ありえませんね」

不意に言ったのは棘だった。

まるで心の声をうるさがっているかのように、肩越しにチラッと青児を一瞥《いちべつ》して、

「この地下室は、地上の南棟と同じコの字形ですが、東西どちらも煉瓦壁の行き止まりです。曲がり角の先に玄関ホールに通じる梯子《はしご》がありますが、出口専用なので地下からしか開くことができません。逆にⅥ号室の隠し扉は入口専用ですが、あの半妖が見張っているはずなので侵入不可能。そして出口も入口も、それぞれ一つきりです——ただし東側の天井に大きな換気口がありますから、一度調べてみるべきかもしれません」

——いやそんな馬鹿な。

もしも棘の言うことが正しければ、今青児たちのいる隠し部屋は、獄舎の〈外〉と何のつながりもない、ただの地下室ということになる。

〈出入口が一箇所しかない以上、万が一火事になったら蒸し焼きですからね。患者による暴動も考えられますし、脱出用の出入口があってもおかしくないと思います〉

となると、火災や暴動を想定してつくられた脱出用の出入口——という皓少年の仮説は、はなから間違っていたのだろうか。

けれど。

（そもそも隠し部屋の入口が、特別病室のⅥ号室だけっておかしくないか？）

夜番詰所——と表記されている以上、夜間に看護人が待機する控室なのだろう。火事や暴動を想定した場合、まず真っ先に特別病室の〈やんごとなき方々の子息〉を避難させる必要があることを考えれば、Ⅵ号室に隠し扉があったのも納得できる。

けれど、普通に考えれば、隠し扉はもう一つ必要ではないだろうか。なにせ医師や看護人が寝泊まりするための舎室は、反対側の東翼にあるのに。

（……ん？）

一瞬、何かが記憶に引っかかるのを感じた。

違和感——ではない、既視感だ。Ⅵ号室にあった隠し扉は、ガラス扉つきの本棚だったけれど——東翼でも同じものを見たことがあるような。

（——まさか）

その場所に思い当たった瞬間、頭から冷水を浴びせられた気がした。そんな馬鹿な、と否定したいのに声が喉から出てこない。

が、どうにか口蓋《こうがい》にへばりついた舌を引きはがすと、ちょうど遺体の検分を終えたらしい棘が、白手袋を外しながら立ち上がったところで、

「……えーと、その、つかぬことをお聞きしますが」

「は？」

たった一音で「無駄吠《ぼ》えするな」「せめて人語を喋《しゃべ》れ」「口を閉じろ馬鹿犬」と三種同時に罵《ののし》られた気がする。くそ、器用な真似を。

「あの、玄関ホールとVI号室の隠し扉は、どっちもガラス扉つきの本棚だったと思うんですけど、もう一台、東翼にもよく似た本棚がありませんでしたっけ?」

しどろもどろに切り出すと、初めは訝《いぶか》る表情だった棘の目が、不意に愕然《がくぜん》と見開かれた。そして、しばらく額に指を押し当てて考えこむと、

「……まさか」

うわごとのように呟《つぶや》いた、その直後だった。

悲鳴が聞こえた。

耳をつんざく絶叫——地上と地下で隔てられた、若い女性の叫び声。

——円花さんだ。

その瞬間、ぞっと背筋に悪寒が走った。どくん、と心臓がろっ骨を叩《たた》くのと同時に、ぐるっと脳と思考が一回転する。

(どうして気づかなかったんだろう)

犯人の伊都さんが地下にいない——ということは、地上にいるということになる。そして、白水青年を睡眠薬で眠らせる計画が頓挫《とんざ》した今、伊都さんに残されたターゲットは円花さん一人だけなのに。

一瞬後、先に駆け出したのは青児だった。

(えっと、たしか曲がり角の先に、玄関ホールに通じる梯子があるって)

前につんのめるように走りながら、棘から聞いた言葉を反芻《はんすう》する。そうして懐中電灯の光で、曲がり角から数メートル先を照らし出すと、

(――あった！)

梯子だ。VI号室と地下室をつないでいたものと、ほぼ同じに見える。あたふたと懐中電灯を尻《しり》ポケットにねじこんだ青児は、早速、梯子の一段目に足をかけた。

急げ、と上ずる鼓動に急《せ》かされつつ、一階分の梯子を登りきると、先ほどと同じ板張りの足場があって、

(えーと……これ、かな？)

手探りで暗闇の奥へとのばした指が、棒状の何かを探り当てた。金属製のレバーだ。つかんで、押し下げる。ガコン、と音がして、さっと暗闇に光が差した。一瞬、明暗差で目がくらんだものの、やがて玄関ホールの光景が現れた。棘の言っていた通りだ。

さらに言えば、数歩先に見覚えのある背中があって、

「……円花さん？」

よ、よかった、無事だ。けれど、振り向いた円花さんは、はた目にもわかるほど震えていた。蒼《あお》ざめた顔で目を見開き、震える手で口元を押さえて。

そして、円花さんが目にしたものを理解した瞬間――青児は心臓ごと凍りついた。

――伊都さんがいた。

昨夜と同じ、修道女にも似た黒衣に、指揮棒のようにまっすぐな長身の立ち姿で。

（ああ、やっぱり——この人が〈猫又〉だったんだ）

そう思ったのは、瞬《まばた》きをした一瞬後に、伊都さんの姿が一咬《か》みで人を喰《く》い殺せそうに巨大な、二尾の黒猫に変わったからだ。

その姿はバルコニーの真下——本来なら大型の花瓶を飾るためにある花台の上にあった。どうやら玄関ホールの一隅にあったものを移動させたらしい。

そして、頭上の手すりからのびて伊都さんの首に巻きついたそれに気づいた瞬間、全身の血が下がったように、視界が白くなるのがわかった。

——首吊《くびつ》り縄だ。

脳裏に浮かんだのは、皓少年から教わったポーの〈黒猫〉の筋書きだった。〈冥府の王《プルートー》〉と呼ばれた一匹目の黒猫は、首に縄をかけられて縛り首にされる。けれど伊都さんは、まさに今、自らの手で首を吊ろうとしているのだ。

——止めないと。

反射的に伊都さんに駆け寄ろうとして、寸前で踏みとどまった。もしも不用意に近づいて、伊都さんが花台から飛び降りてしまったら取り返しがつかない。

もしも落下の衝撃で、首の骨が折れてしまえば——即死か、たとえ一命をとりとめたとしても、体か脳のどちらかが動かなくなってしまう可能性がある。

——叫ぶな。

なけなしの理性で、自分自身に言い聞かせる。たとえ大声で制止したくてたまらなくても。極力、伊都さんを刺激しないよう、慎重に距離を詰めていくしかない。

けれど――どうやって。

答えを出せないまま、それでも青児が一歩近づこうとした、その時だった。

「――動くな」

すぐ背後――隠し扉の内側から声がした。

――棘だ。

「失敬。アナタの背中を目隠しにしながら、ロープをとめている金具を撃ちます。当たりたければ動いてかまいませんが」

え、と慌てて手すりに巻きつけられたロープを見ると、結び目ではなくテントを張る時なんかに使う金具で固定されていた。まさかアレを破壊して、ロープごと床に落とすつもりか。射撃の腕によっては、たしかに可能なのかもしれないけれど。

(いや、それよりも、てっきり〈死を招《よ》ぶ探偵〉として、鈴《すず》さんの家でスネコスリを召喚した時みたいに、問答無用で妖怪《ようかい》をけしかけるんだと思ってたのに)

と、例によって心の声が聞こえたらしい棘が、ふん、と鼻を鳴らして、

「閻魔《えんま》庁から人死を出さないよう厳命されてますので。それに犯行動機が不明のまま死なれるのは、私としても業腹です――とは言え、護身用の小銃しか手持ちがありませんので、当たるかどうか知りませんが」

「……で、ですか」

が、他に打つ手がない以上、ここは棘を信じるしかない。その言葉と気持ちに嘘がないことは、なんとなく青児にもわかるのだから。

と、数秒間だけ目を閉じて、その間に腹をくくった青児は、ズボンのウエスト部分に差しこんでいた〈ある物〉を引き抜くと、背後の棘に差し出して、

「後で土下座でも何でもしますから、とりあえずコレを使ってください」

S&WM19——ドサクサにまぎれて、これまで借りパクし続けてきた棘の愛銃だ。

今回もまた護身用として旅行鞄の奥に忍ばせてきたのを、先ほど梯子を登ってくる棘の足音にビビッた青児が、とっさに中から引っ張り出したわけなのだが——。

「……これは」

と呟いた棘から、ぶわっと殺気が膨らんだのがわかった。

が、殴られるか蹴られるか、最悪、殺されるか——と思いきや、チ、という舌打ちとともに、かつての愛銃を受け取った棘は、無言のまま弾倉を確認して、

「せめて猫背を直せ、駄犬」

吐き捨てるように言った棘に、合点承知、と頷いた青児が、目隠し役として精一杯背筋をのばすと、両足を開く気配とともに、すっと背後の気配が鎮まったのを感じた。

振り向かなくても、棘の動きがわかる気がした。右足を一歩下げ、グリップを握った右腕をまっすぐのばして狙いをさだめる。

カチリ、と撃鉄を起こす音。

呼吸を止めた——とわかったのは、凍りつくような緊張感からだ。突き刺さるように張りつめた気配が、背中からヒリヒリと伝わってくる。

それから数秒の間に起こった出来事は、ほとんど静止画のように感じられた。

即席の絞首台に佇立《ちょりつ》した伊都さんの指が、ゆっくりと持ち上がる。救いの手を求めるように、あるいは誰かを告発するように。

そして、冬枯れの枝にも似た指が差し示した先には——青児がいた。

え、と声を出すこともできなかった。

驚きと困惑で声を失った青児が、ぱちり、と瞬きをした、次の瞬間。

なあ——おおお。

猫が——鳴いた。

いや、違う。あれは最果てから吹きつける風の唸りだ。

と、瞬きをした次の一瞬で、もう一度、伊都さんの姿が〈猫又〉へと変わった。

——鳴いている。

あるいは、泣いているのかもしれない。

真っ赤な口に鋭い牙《きば》を剥《む》き出しにして、双眸《そうぼう》に怨念《おんねん》めいた蒼白《あおじろ》い光を燃やしながら。

――いや、違う。

あれは――あの感情は、怨みでも、怒りでもない。けれど、なら何なんだ、と自問しても、とっさに答えは出てこなかった。

懇願――に似ているだろうか。あるいは、祈りのようにも。

と、かっと開いた黒猫の口が、まるで人語をつむぐかのように動いて。

――サガシテ。

声なき声を聞いた――と思った瞬間、伊都さんの足が花台を蹴《け》り倒していた。

――落ちる。

が、どくん、と心臓が一拍するわずかな一瞬で、すべてが終わった。

――銃声。

空気の破裂する轟音《ごうおん》とともに、火薬の匂いが爆発する。

次の瞬間、虚空に吹き飛んだ金具とともに、手すりのロープが床に滑り落ちるのが見えた――当たったのだ。

そして。

「伊都さん！」

思わず叫んだのと同時に、がくん、と垂直に近い動きで伊都さんの体が落下した。

が、床に倒れて頭を打ちつける寸前、滑りこむようにして駆け寄った青児の手で、どうにか肩をつかんで止めることができた——ま、間にあった！

「……よ、よかった」

吐き出した息が震える。全力疾走したせいか、酸欠を起こしたように視界が霞《かす》んだ。

けれど——本当によかった。

結果として、どうにか伊都さんは花台から転落しただけですんだ。両膝を打ってはいるけれど、骨折したようには見えない。まして頭を打ちつけたようにも。

なのに。

数秒経って——気づいてしまった。

「な、んで」

呆然《ぼうぜん》とうめいた青児の腕の中で、伊都さんはぴくりとも動かなかった。瞼《まぶた》が裂けるほどに目を見開き、色を失った唇を薄く開いて。

まるで死体のように——いや、どうしようもないほど、死んでしまっている。

そんな、とうめくこともできなかった。呼吸が浅く速くなって——たまらず叫び出しそうになった、その直後に。

「——邪魔です」

と青児を後ろに押しやった棘が、入れ違いに膝をついた。

険しく眉《まゆ》をひそめつつ腕をとって脈を調べる。そして、いつか鳥栖青年から教わった

死の三徴候——呼吸と心臓の停止、瞳孔《どうこう》の拡大を確認すると、感情を押し殺したようにも見える無表情で首を振って、

「死んでいます。ただし落下による外傷は見当たりません。となると死因は——」

言いかけた棘が、つと目を細めた。

先ほどと同じ白手袋をはめると、伊都さんのスカートに手をのばして、ポケットから何かを探り出した。小型の注射器と注射液のアンプル——のように見える。

「高濃度のアドレナリン注射液ですね。心拍数を増加させる作用がありますが、健康な若者に注射しても、せいぜい動悸《どうき》を速めるだけで命を奪うことはありません。が、余命少ない重病人であれば、急激な心停止を引き起こすこともありえるでしょうね」

そんな——と喉《のど》からうめき声が出た。もしも死因がアドレナリン注射による中毒死で、それが伊都さん自身のスカートから見つかったということは——。

「ふむ、太ももに注射針の痕《あと》がありますね。となると、伊都さんは〈首吊《くびつ》り〉と〈服毒〉——二重の方法で自殺しようとしたことになります。注射されたアドレナリンは、心臓に到達するまでに数分を要しますから、おそらくは踏み台とロープを準備した後、発見者の円花さんが悲鳴を上げたタイミングで、ポケットに入れておいた注射器をスカート越しに太ももに突き立てた——といったところでしょうか」

いや、おかしい。

ただ確実に死ぬだけなら、注射液を打った後、人目につかない場所でじっとしている

のが正解じゃないだろうか。なのに、ただでさえ人目につきやすい玄関ホールで、青児たちが駆けつけたタイミングを選んだということは――。

「一種のパフォーマンスに思えますね。自らの意志で首を吊ろうとする様を見せつけることで、その死が〈自殺〉であることを印象づけようとしたように。問題は、それが伊都さんの意志によるものなのか、あるいは――」

考えこむ顔つきをした棘が、トン、と人差し指の腹で唇を叩《たた》いた、その時だった。

「……あれ？」

ふと目にとまったそれに、ぱちり、と青児は瞬きをした。

「あの、伊都さんのスカートの反対側にも、膨らみがあるように見えるんですが――」

言った直後、棘の手が反対側のポケットに入ったそれを引っ張り出していた。

小型のトランシーバー、だろうか。円花さんの使っていたような、ほとんど玩具のような見た目のものとは違って、さまざまなボタンのついた本格的なものだ。

「なるほど、これで共犯者に指示を出していたわけですか。亡くなった佑児氏にアマチュア無線の趣味があったという話が本当なら、その遺品かもしれませんね」

と独白のように棘が言った、その直後だった。

「あの、すごい音がしましたけど、まさか銃声じゃないですよね？」

背後から声がした――白水青年だ。

と、びくっと反射的に飛び上がった青児が、慌てて振り向いたところで、

「……あ」

——息が止まった。

見えない手で心臓をつかまれたように、呼吸もできないほどの衝撃がくる。遅れて、悲鳴のような、警笛のような、甲高いかすれ声が喉からもれた。

そこに——ひどく見覚えのある〈妖怪《ようかい》〉の姿があったからだ。

裂けるほどに唇を吊り上げ、ざんばら髪を振り乱した老婆の亡霊が——かつて乙瀬《おとせ》沙《さ》月《つき》という女性を地獄へと堕《お》とした、その姿のままで。

「……縊鬼《いっき》」

途端、青児の呟《つぶや》きを耳で拾ったらしい棘が、鋭く目を細めたのが見えた。たった一言で、その意味を悟ったかのように。

同時に、かつて皓少年から聞いた言葉が、青児の脳裏によみがえった。

〈つまり縊鬼というのは一種の憑《つ》き物なんですよ。人に取り憑いて悪い心を起こさせる魔物は、総じて通り魔と呼ばれますが、縊鬼の場合、首吊り自殺者の怨霊《おんりょう》が冥府《めいふ》で自分自身の身代わりにしようと、見知らぬ他人に憑いて首をくらせるんです〉

そう、つまり縊鬼とは——他者に首吊りを強いる妖怪なのだ。

恐怖にも似た感情で血の気が引いた。いや、違う、本当に恐ろしいのは妖怪の姿ではなくて——たった今、伊都さんを自殺に追いやった、目の前の存在そのものだ。

——〈縊鬼〉という罪人の姿へと変わった、白水青年の。

「え、いや、どうしたんですか。そんな怖い顔して。僕の顔に何かついてます？」

困惑まじりの声に、不自然さはなかった。

が、次の一瞬、糸で吊り上げたように頬を歪《ゆが》ませて、ふっと小さく息を吐き出すと、

「まるで化け物でも見たような顔をしてるじゃないですか」

そうして、正しくヒトデナシの貌《かお》で嗤《わら》った。

＊

――聞いて欲しいことがあるんです。

そう円花さんが切り出したのは、伊都さんの死から三十分後のことだった。それまでの間、白水青年が目撃証言を聞き出そうとしている最中にも泣きじゃくっていた彼女が、意を決した――というよりも一度呑《の》みこんでしまった毒物を吐き戻すように。

その話によると、伊都さんのしたことは澄玲さんの死に対する復讐《ふくしゅう》だったそうだ。

実は自殺だったのではないか、という噂通り、十六年前、先天性の心疾患によって病死した澄玲さんの本当の死因は、アドレナリン注射による中毒死だった。

ただし使用されたのが〇・三ミリリットルにも満たない対アレルギー用の救命薬品だったこと。加えてアドレナリンそのものが、もともと人体で生産されている化合物であったために、死亡診断書には〈急性心不全〉と記されたという。

その死が自殺であることを知っているのは、秘《ひそ》かに遺書を受け取った伊都さんと、第一発見者として、遺体の傍らに転がる注射器を目にした佑児さんの、ただ二人きりだ。

しかし、走り書き同然の遺書に残されたのは、伊都さんへの思慕と感謝、そして自死という罪に対する謝罪だけで、その死の原因はわからないまま十六年の月日が流れた。

そして今年一月、佑児さんの遺品を整理する中で、伊都さんはある忌まわしい真実を知ってしまった——佑児さんには隠し子がいたのだ。

存在をひた隠しにして生まれたその子供は、作家・溝呂木佑児の熱狂的ファンだったという女子大生から生まれ、秘密裏の話し合いを経て、佑児さんの実兄弟に引き取られ、実子として届け出されたという。

澄玲さんの死は、その事実を知ったショックによるものだった。

——赦《ゆる》せなかった。

母として、教育者として、赦すことなど到底できなかった。

余命宣告という形で、死を目前に控えた今、残された時間はあまりに少ない。残り時間が尽きるまでに、罪の子にしかるべき罰を下し、この世から葬り去ることで、罪びとの血を絶たなければならない。そのために計画されたのが、この懇親会だった。

つまり遺産相続人候補として集められた招待客たちは、すなわち佑児さんの隠し子である可能性を否定しきれなかった四人だったのだ。

けれど。

「アナタ一人だけは違うことがわかっている、と言われました。だから計画に協力して欲しいと。見返りとして、私を遺産相続人にした遺言書の原本も見せてもらって。けれど、ずっと半信半疑だったんです。ぜんぶ伊都さんの妄想じゃないかって。けれど数日前にトランシーバーが送られてきて――」

その後の流れは、おおむね皓少年の推測した通りだった。

糸魚川青年の殺害後、伊都さんの指示で玄関ホールに移動した円花さんは、シャンデリアの下で悲鳴を上げた――共犯者の一人として、伊都さんの殺人を助けるために。

けれど。

「げ、玄関ホールに行って、悲鳴を上げろって言われましたけど、まさかそれで白帆ちゃんが殺されるとは思わなくて……どうすればいいんだろう、どう打ち明ければいいんだろうって悩んでいる内に、伊都さんまで……まさかこんな」

と嗚咽《おえつ》に喉をつまらせた円花さんは、しかし白水青年のコーヒーに睡眠薬を混入したことについては触れなかった。冷めた眼差《まなざ》しの白水青年がそれを追及することもない。

懺悔《ざんげ》や告白と呼ぶには、隠しごとが大きすぎた。ひょっとすると、他にも嘘がまぎれているのかもしれない。

けれど、辻褄《つじつま》だけはあってしまっている。

――黒猫は死んだ。

たしかに言えることは、それ一つきりだ。

＊

しばらくして。

「念のため、誰の耳もないところまで行きましょうか」

と言った皓少年に従って玄関ホールを後にした青児は、西翼二階の特別病室——隠し扉のあるVI号室に移動することとなった。

そうして盗聴器の類《たぐい》がないか一通り室内の点検をすませた後で、

「あの、正直、わけがわからないというか……死んだ伊都さんのことなんですけど」

無性に一服したい衝動に駆られつつ、困惑のまま口走った青児に、ちょこんとパイプベッドの端に腰かけた皓少年が、そっと息を吐き出して、

「まあ、おおむね円花さんの告白通りなんだと思います。伊都さんの動機は、澄玲さんの死に対する〈復讐〉だった——けれど実際には、円花さんを含めた四人全員を殺害する計画だったんでしょう。〈鍋島《なべしま》猫騒動〉で、一人息子の命を奪われた老婆が、怨念《おんねん》の矛先である鍋島家の血筋そのものを根絶やしにしようとしたように」

低く声を抑えた皓少年の横顔は、ふだんより眼差しが冷ややかに見えた。

　そう、そうして伊都さんは、三十億円の遺産を餌にして、糸魚川青年、白帆さん、円花さんの三人に〈アナタ以外の、従兄弟《いとこ》たち三人を殺害する計画に協力して欲しい〉と持ちかけ、全員から共犯の約束を取りつけたのだろう。

　結果として、被害者であるはずの人物が、加害者の共犯者であり、別の被害者の加害者でもあるという、歪《いびつ》な関係が成立してしまったのだ。

　挙句、たった一晩で糸魚川青年と白帆さんの二人を殺してのけた伊都さんは、シャンデリアの生首を身代わりとし、このⅥ号室の隠し扉から地下に身を隠したのだろう。

　きっと、ここまでは伊都さんの計画通りだったはずだ。

　しかし翌朝、円花さんの手を借りて白水青年のコーヒーに睡眠薬をまぜたものの、その目論見《もくろみ》を見破られたことにより、計画は破綻《はたん》をきたしてしまった。

　その結果が、失意の果ての自死――だったのだろうか。

　首吊《くびつ》りにアドレナリン注射という、一見不可解な〈二重の自殺方法〉も、澄玲さんと同じ薬物を使用した上で、より確実性を増すための選択だったとしたら納得できる。

　――と。

「皮肉な話ではありますが、なんともらしい結末ではありますね」

　ぽつり、と呟いた皓少年の声は、雨の一雫《ひとしずく》にも似て静かだった。

「〈鍋島猫騒動〉を始めとした怪猫譚《たん》は、猫による仇討《あだう》ち話であると同時に、人による化猫退治の物語でもあるんです。つまり物語の主役でありながら、本懐を遂げる前に退治されてしまう、それこそが怪猫の宿命なんですね」

そうして晩餐《ばんさん》の席での宣言通り、〈黒い獣〉と化した伊都さんの復讐譚は、その死によって幕引きとなったのだ。

（けれど、本当にこれで終わったんだろうか）

違う——と感じてしまうのは、伊都さんの死が自殺ではないと知ってしまっているせいだろう。白水青年の姿が〈縊鬼〉という妖怪《ようかい》に変わっている以上、伊都さんに望まぬ死を強いた人物が——間接的に命を奪った犯人が存在するのはたしかなのだ。

と、物思いに沈んだ顔つきの皓少年が、しばし親指の腹で唇をなぞると、

「実はひとつ、青児さんにお話ししたいことがありまして」

「え、な、何ですか、改まって」

「先ほど青児さんから、トランシーバーで伊都さんと通話した時の話を聞いて、気づいたことなんですけど——」

半ばまで聞いたところで、はっと思い当たった。同時に、皓少年の声がよみがえる。

〈……さて、どうも厄介なことになりましたね〉

そうだった。すっかり忘れてしまっていたけれど、たしかあの時、その厄介ごとが何かわからないまま、話をはぐらかされてしまったのだ。

「さて、まずはおさらいさせてください。伊都さんとトランシーバーでの通話を終えた青児さんが、黒猫を抱いた状態で玄関ホールに到着したのが、午前一時。直後に黒猫の

共食いを——糸魚川さんの殺害現場を目撃した、と。これは間違いありませんね？」

「あ、はい、大丈夫です」

「同時刻、スリゲル型の振り子時計は、十一時十五分を示していた——本来、振り子時計の針は十一時で止まっていたはずですから、つまり針が動き出したのは十五分前。糸魚川さんが壁に振り子時計をぶつけたのも、十五分前ということになります」

「……で、ですね？」

思わず語尾が上がってしまったが、それで間違いはない、はずだ。

と、あっさり頷《うなず》き返した皓少年は、淀《よど》みのない口ぶりで、

「では、伊都さんの指示通りに、シャンデリアの上に生首を置いた糸魚川さんが、壁に振り子時計をかけ直したのが、零時四十五分。そして、玄関ホールから東翼二階の一号室に移動して、自室のドアを開けようとしたタイミングで、背後から犯人に襲われたのが、おそらく零時五十分ですね。これは、青児さんの悲鳴が聞こえる十分前に〈廊下から物音がした〉という円花さんの証言をもとにしたわけですが、スタンガンを押し当てられた糸魚川さんが廊下に倒れこんだ時の音——と考えるのが自然なように思えます」

……うむ。正直に言って頭の中はショート寸前だが、一つ一つ咀嚼《そしゃく》してみても、不自然な点はどこにもない——ように思える。

一仕事を終えた糸魚川青年が、ガッと壁に振り子時計をぶつけて、それから一号室に移動したとして。玄関ホールからせいぜい二、三分であることを考えれば、五分後の零

時五十分に犯人に襲われた——というのも、時間の流れとして自然なはずだ。

「さて、ではこの時間、伊都さんは一体どこにいたでしょうか？」

——が。

「ひぇ？」

唐突な謎かけに、思わず声が裏返ってしまった。

「えっと、その……とにかく一号室の近くで、待ち伏せできそうな場所、ですかね？」

しどろもどろに答えた青児に、皓少年はあっさり首を横に振って、

「いえ、伊都さんがいたのは、青児さんのいたⅥ号室の近く——おそらくは隣のⅦ号室だと思います」

「ええっ」

そんな馬鹿な、と思わずブンブン首を横に振ると、皓少年が人差し指を立てて、

「根拠になったのは〈黒猫がお休みの邪魔をしてしまったようで申し訳ありません〉という伊都さんの言葉ですね。つまり伊都さんは、眠っていた青児さんが黒猫に起こされたことを知っていたんです。ただし〈お休みの邪魔を〉という言葉については、青児さんの声がいかにも寝ぼけていたからだ——と理屈づけることも可能ですね」

しかし、と皓少年は言葉を続けて、

「問題は〈黒猫が〉という言葉ですね。普通は、深夜にトランシーバーで呼び出して、応答した相手の声が寝ぼけていたら、トランシーバーの呼び出し音で起こしてしまった

と考えるのが自然だと思います。なのに伊都さんは、わざわざ〈黒猫がお休みの邪魔をして〉と明言しているんです」

――あ。

息を呑《の》むのと同時に、ごきゅ、と音をたてて喉《のど》が鳴った。

（ぜ、全然、気づかなかったけど、言われてみるとたしかに）

おかしい、と頷くと、表情を読んだらしい皓少年から、頷きが一つ返ってきて、

「ええ、となると伊都さんは、青児さんのいびきや、黒猫に飛び乗られた時の悲鳴なんかが聞こえる位置――すなわちⅥ号室のすぐ近くにいたと考えられます。ドアの前という可能性もありますが、他の宿泊客に見咎《みとが》められるリスクを考えれば、おそらくは隣のⅦ号室ですね。さらに言えば、足音やドアの開閉音がしなかったことから考えて、通話中ずっとその場にとどまり続けたんだと思います」

まさか――と直感にも似た悪寒に背筋が粟立《あわだ》った。

Ⅶ号室にいたという伊都さんがトランシーバーの通話を終えたのが、零時四十九分。

対して、円花さんが廊下の物音を聞いた時刻――玄関ホールから戻った糸魚川青年が、一号室の前で犯人に襲われたのが、零時五十分。

ということは、まさか。

「ええ、伊都さんには、糸魚川さんを殺害することは不可能だった――つまりアリバイが成立していることになるんです」

言葉の意味を咀嚼するのに時間がかかった。いや、違う。もう十分に噛《か》み砕いてもらったにもかかわらず、呑みこむことができないのだ。

「ちょ、ちょっと待ってください、そんな」

動揺のままに口を開いたその直後に——思い出した。

黒猫の共食いを——いや、床に倒れた糸魚川青年の上に覆いかぶさって、おそらく背中に裂き傷をつけている犯人の姿を目撃したあの時、青児の目には犯人が〈小柄な人影〉に見えたのだ。伊都さんは、青児よりも背の高い長身なのに。

「……あ」

声が、出てこなかった。呼吸が浅く速くなっていくのが自分でもわかる。

まさか——そんなまさか。

否定したいのに声が出ない。それが正しい答えだと知ってしまっているからだ。

そう、あの場所には、別の誰かがいたのだ。伊都さんではない、別の誰かが。

「おそらく、もともと伊都さんは、糸魚川さんが殺される前に、地下の隠し部屋に身を隠す予定だったんじゃないでしょうか。シャンデリアの上に生首がのっている以上、万が一生きている姿を目撃されたらマズイですからね。が、本来はⅣ号室に泊るはずだった青児さんがⅥ号室にいたことで、その予定が狂ってしまった。その打開策が、黒猫とトランシーバーだったんでしょう」

なるほど、Ⅵ号室から隠し部屋に移動するには、中にいる青児を廊下へ追い出し、Ⅵ

号室を無人にする必要がある。

けれど、たとえば廊下で不審な物音をたてたり、「火事だ！」と叫んだりすれば、他の宿泊客も起こしてしまう可能性が高い。

そこで目にとまったのが、飼い主である伊都さんの姿を見て、偶然、近くに寄ってきた黒猫だった――ということだろうか。

「ええ、ちなみにあのトランシーバーは、生首入りの保冷ボックスを引き渡した際に、糸魚川さんから回収したものじゃないかと思います。糸魚川さんからすれば、伊都さんとの共犯関係を示す物的証拠なわけですから、一刻も早く手放したかったでしょうし」

「えっと、あの、それはわかりましたけど、じゃあ、俺が目撃した犯人は――」

訊《たず》ねながら、まさか、と一つの可能性に思い至った。

「白帆さん……ですか？」

いや違う、と即座に理性が否定する。白帆さんもまた、伊都さんと同じ長身なのだ。

（じゃ、じゃあ、円花さんってことは）

いや、それも違う。円花さんは小柄だけれど、糸魚川さんが殺害された後にも〈人〉の姿をしたまま〈猫又〉に変わっていないのだ。同じ理由から白水青年も除外される。

（……まさか荊さん、じゃないよな？）

という疑いがチラッと脳裏をよぎったものの、照魔鏡の力が対人専用である以上、犯人が〈猫又〉という妖怪の姿に変わっている時点で、魔族の荊ではありえないのだ。

つまり、と戦慄《せんりつ》とともに青児は唾《つば》を呑みこんだ。内臓が下がるような感覚とともに、全身から一気に血の気が引いていくのがわかる。

ということは——つまり。

この獄舎にいる九人の客人たちの中に、糸魚川青年を殺害した犯人は存在しないことになる。

「……あ」

無意識に口を開いたものの、やはり言葉にならなかった。

が、その表情を読み取ったらしい皓少年が、静かな眼差《まなざ》しで頷き返して、

「ええ、そうです。もう一人いる——この獄舎の中には、僕たちの知らない十人目が存在するんだと思います。そして、その一人こそが復讐《ふくしゅう》代行人としての黒猫なんです」

途端、周りの空気が薄くなった気がした。遅れて体中の血が凍りつくのがわかる。

と、動揺をやわらげようとするように、ぽんぽん、と皓少年が青児の背中を叩《たた》いて、

「それこそが猫騒動にえがかれた〈怪猫〉の特性でもあるんですね。怨《うら》みをもつ者とそれを晴らす者が、それぞれ別々に存在していることが。飼い主と黒猫——一人と一匹どちらかが欠けても〈怪猫〉にはなりえないんですよ。黒猫を凶獣へと変じるのは人の怨みです。けれど同時に、仇《かたき》の喉に牙《きば》を突き立てるのは、人ではなくて黒猫なんです」

そう、黒猫とは——死にゆく飼い主の生き血を舐《な》め、その身に替わって復讐を遂げる者なのだ。たとえ最後には、本懐を遂げられないまま化け物として討たれるとしても。

と、その直後に。

「――あれ？」

素《す》っ頓狂《とんきょう》な声が出た。ほとんど直感に近い形で一つの可能性に思い当たったからだ。

「あの、ちょ、ちょっと待ってください。糸魚川さんや白帆さんを殺したのが、伊都さんとは別の誰かだとしたら、まさか円花さんがトランシーバーで連絡をとっていた相手は、伊都さんじゃなくて――」

言いながら、ぞっとうなじの毛が逆立つのを感じた。

まさか円花さんは――いや、犯人を三号室に匿った白帆さんや、あるいは糸魚川青年も、復讐代行人である十人目の存在を知っていたのか。

「ええ、その可能性はありえますね。となると円花さんは、先ほど罪を告白した際に、あえてその存在を隠したことになります」

――何のために。

自問しても、答えはどこからも返らなかった。ただ無性に胸騒ぎがして、心臓が鼓動を速めていくのがわかる。

と、考えに沈んだ顔つきの皓少年が、トン、トン、と人差し指で唇を叩いて、

「……ひょっとして青児さんの言っていた通りなのかもしれませんね」

「ええ？」

「いえ、ひょっとすると白水さんも十人目の存在を知っていたかもしれない、と思いま

して。それどころか、今どこにいるか、その所在も把握しているかもしれない、と」

はて、なんのことだ。

頭に疑問符を浮かべた青児が、わけもわからず首をひねっていると、

「植木鉢に捨てられた睡眠薬入りコーヒーを見て、青児さんが口にした仮説ですよ。もしかすると白水さんは、自分を殺しに来た犯人を返り討ちにして捕まえるために、睡眠薬が効いているフリをしたのかもしれない、と。もしもあれが正解だとしたら――」

え、と出かかった声が、喉の奥で凍りついた。すうっと背筋が冷えて、脇の下を冷たいものが伝い落ちる。

ああ、そうだ。もしも眠りこんだフリをした白水青年のもとに現れたのが、伊都さんではない誰かだったとして――その誰かを白水青年はどうしたのだろうか。

「は、早く篁さんたちに知らせないと――」

ぞわっと悪寒を覚えた青児が、慌ててドアに駆け寄ろうとしたその時、ぐいっと上着のすそをつかんで止められてしまった――皓少年に。

え、と目を白黒させて振り向くと、

「……やっぱり青児さんは、青児さんですねえ」

しみじみと噛みしめる声は、けれど、どこか自嘲まじりにも聞こえた。痛みや――悼みの塊のようなものまで、一緒に噛み潰そうとしているように。

「きっと、そうするのが正解なんだろうと思います。けれど、僕にはそれができなかっ

たんですね――もしも殺人の実行犯役であるその誰かが、篁さんや荊さんと裏でつながっていたら、という疑いを捨てきれなくて」

声が、喉の奥でつまってしまった。

――ああ、そうか。

考えてみれば、いや、考えるまでもないほど当然の話だ。生まれつき内も外も敵ばかりだった皓少年にとっては、周りに疑心暗鬼の目を向けるな、という方が無理な話で。さらに言えば、たとえ表向きは〈合同捜査〉として協力しあう相手とはいえ、一人は自分を裏切った昔馴染みで、もう一人は自分を殺そうとしたかつての宿敵なのだ。

信じろ――という方に無理がある。

考えれば、すぐにわかったはずなのに。

「あの、俺、全然」

気づかなくて、と続けようとしたところで、皓少年がふっと苦笑をこぼして、

「いえ、青児さんの立場からすれば、当然だろうと思います。僕としても、本当に心配だったのは、自分の身の安全というよりも――」

その直後に。

まさか、と一つの可能性に思い至った。一気に体温が下がって、貧血でも起こしたようにぐらっと視界が揺れる。

同時によみがえったのは、玄関ホールで首に縄をかけた黒猫の――今まさに首を吊ろ

うとしている伊都さんの姿だった。

――サガシテ、と。

最期にあの言葉を口にした時の、伊都さんの目――懇願や、祈りのようにも見えた表情の意味が、たった今皓少年の口にした言葉で、ようやくわかった。

あれは――自分以上に、誰かの身を案じている人間の見せる表情なのだ。

「あ、あの、すみません、ちょっと確かめたいことが！」

言いながら、あたふたと廊下に飛び出した青児は、やがて玄関ホールに到着した。

凪のような――と言うべき状態なのだろうか。白水青年や円花さんは、それぞれの部屋に戻ったらしく、白いテーブルクロスのかかった伊都さんの遺体だけが、忘れ去られたように、ぽつんと横たわっている。

と、ボーン、ボーン、とホール・クロックの鐘が十二回鳴った。

――正午だ。

と、ぽんぽん、と皓少年の手が青児の背中を叩いて、

「さて、そろそろ説明してもらっていいですかね」

うながされた青児は、ごくりと唾を呑みこむと、もつれる舌を無理やり動かして、

「あの、伊都さんが首を吊ろうとする寸前に、隠し扉に立っていた俺を指さして〈サガ

シテ〉って言ったんですね。その時は、どういう意味かわからなかったんですけど、もしかして復讐を代行してた十人目のことを指してたんじゃないかと思って」

しどろもどろに説明すると、皓少年もまた同じ結論に達したようで、

「なるほど。では、青児さんを指していたということは、隠し扉をくぐった先の、地下室にいる——ということでしょうか」

「あの、けど、俺も最初、地下室だと思ったんですけど、いちおう棘さんが一通り確認してるはずなんで、もしかすると壁の向こうの——」

と言いかけたところで、

「なるほどなあ、なかなか面白い話をしてるね、君たち」

声が、した。

この声は——と考えたのと同時に、頭の奥で警鐘が鳴った。予感と——恐怖だ。

と、ほとんど条件反射のような動きで皓少年の前に出ようとした瞬間、ぐいっと襟首を引っ張られて——気がつくと目の前には、青児を庇うようにして立った、白くて小さな背中があった。

そして、その背中の向こうには——。

「はは、棘さんだけじゃなくて、なんだか君たちも探偵みたいだね。ひょっとして心霊研究家っていうのは嘘で、本当は棘さんの同業者ってことなのかな？」

——白水青年がいた。

一見、軽薄にも見える笑顔で、おどけたように肩をすくめながら。

白い歯を覗かせた口元は、たしかに笑っていて、苛立ち、怒り、嘲りといった負の感情は何一つ見当たらなかった。けれど、その手には――。

「あ、あの、それって、伊都さんのトランシーバーなんじゃ」

うめくように訊ねた声は、みっともなく震えてしまった。そう、なぜなら、先ほど伊都さんの遺体から見つかったそのトランシーバーは、棘が持っていたはずなのだから。

「正解。伊都さんのだよ。他のはみんな玩具《おもちゃ》みたいなヤツだから油断してたんだけど、どうもこの一台だけ録音機能つきだったみたいでね。そのせいで、伊都さんに僕の音声を録音されちゃったらしいんだ。で、それを棘さんに聞かれちゃってね」

よく見るとトランシーバーを握ったその手は、手首が赤く腫れ上がっていて、他にも全身に格闘の痕跡があった。まるで熊か何かと取っ組み合いの喧嘩でもしたように。

いや、違う――棘だ。

「なるほど……つまり棘さんとやりあって競り勝った、ということですか。念のためうかがいますが、棘さんは今どうなってますか？」

「スタンガンで気絶させた後、アドレナリン注射を三本ぐらい打たせてもらったから、今頃、虫の息だと思うよ――と言いたいけど、まあ、どうせ生きてるだろうなあ」

と、そこで皓少年が、すうっと息を吸いこんで、

「さて、それを僕たちに聞かせるのは――生きて帰す気がない、ということですか」

はは、と軽い笑い声。

すると白水青年は、もう一方の手に握っていたスタンガンを皓少年に向けた。逃げ出す隙を与えないよう、距離とタイミングをはかりながら。

「うん、まあ、お察しの通り、そういうことだね。棘さんに録音を聞かれちゃった時点で、僕には他にどうしようもないわけだからさ」

言いつつ軽く両手を広げた。まるで通せんぼをするように。

「それで、これはお願いなんだけど、君たちも観念してもらっていいかな？」

じっと瞬《まばた》きをしないその目が、やけに光っているように見えて――一瞬遅れて青児は、その目が何に似ているのか気がついた。

――黒猫だ。

＊

さて、ひとのことを言えた立場ではないが。

「あの……なんで篁さんまで捕まってるんですか？」

訊《たず》ねた先には、相変わらず底の読めない微笑を浮かべた篁さんがいた。

場所は、食堂だった。一見して雁字《がんじ》搦《がら》めというか、西翼一階の倉庫から拝借してきたらしいロープで、背の高い椅子に縛りつけられた篁さんは、どうも顔が涼しげというか、なんとなく面白がっている風にも見える。

「そういう気分でしたので」

途端、皓少年の横顔からすっと感情が抜け落ちて、能面めいた無表情になった。

と、さすがにマズイと思ったらしい篁さんが、誤魔化すように咳払《せきばら》いをして、

「というのは冗談ですが、とはいえ私の立場からしますと、先に皆さんを人質にとられているわけですし、一人だけ大立ち回りを演じるわけにも」

「……で、ですよね」

ごもっとも、と言うより他ないのがツライところだ。

状況としては、まさに一網打尽といった感じだろう。椅子に縛りつけられた篁さんに対し、ろくな抵抗もできそうにないと判断されたらしい青児と皓少年、加えて円花さんの三人は、後ろ手に手首を縛られたきり放置されている。

そして、さらに踏んだり蹴《け》ったりなのが——。

「あの……棘さんって、本当に大丈夫なんでしょうか？」

——言わずと知れた棘だった。

なにせスタンガンで気絶させられている上、すでに三本もアドレナリン注射を打たれているのだ。見ると、無駄に長い手足を投げ出した棘は、陸に打ち上げられたイルカよろしく、ぐったりと床に転がっている。

（まさか、うっかり死んでたりしないよな）

おっかなびっくり耳を澄ますと、意外にしっかりした呼吸音が聞こえてきてほっとした。喘鳴《ぜんめい》、というのか、どことなく息苦しげではあるけれど。

いや、なんなら首を切り落としても三秒以内ならワンチャンくっつく可能性があると思っているので、さほど心配しているわけでもないのだが、それでも万が一のことがあったら――と、ハラハラ青児が見守っていると、

「残念だけど、心臓発作を起こした様子もないから、たんに意識を失ってるだけじゃないかな……頑丈すぎてゴリラか象でも見てるような気がするけど」

その声を聞いた瞬間、ぞっと首筋に寒気が走った。

――白水青年だ。

先ほどまで、厨房《ちゅうぼう》に何か運びこんでいる様子だったけれど、その作業がもう終わったのだろうか。思わずぎくりと固まってしまった青児に、口元だけで薄く笑った白水青年は、椅子の背もたれを前にしてまたがるように腰かけながら、

「棘さんのお兄さんも呼ぼうかと思ったんだけど、仮眠中って書かれてたからやめにしたよ。念のため、外からつっかえ棒しておいたけどね」

ごくり、と喉《のど》が上下した。強い息苦しさに襲われるのと同時に、ぞっと二の腕に鳥肌が立つ。つまり白水青年は――生き残った客人全員を閉じこめたのか。

（ま、まさか、本当に全員、殺すつもりなんじゃ）

そんな馬鹿な、と否定しようとしてできなかった。不安と焦りで腹の底が浮くような

感覚がある。そう、白水青年が〈縊鬼〉という妖怪《ようかい》に変わった以上、自殺の強要――という形で、すでに一人分の命を奪っているのはたしかなのだ。

(さっき、伊都さんにトランシーバーの通話を録音されたって言ってたけど、つまりあれは、伊都さんに自殺を強要した証拠が音声の形で残ってたってことなんだろうな)

そして、それを――よりにもよって〈死を招《よ》ぶ探偵〉の棘に聞かれてしまったのだ。皓少年によると、他人に自殺を強いるのは〈強要罪〉に当たるそうで、もしも裁判で有罪になれば、それなりに重い刑を科されるらしい。

けれど。

その罪を隠蔽《いんぺい》するために、生き残った全員を皆殺しにするというのは、一人娘の復《ふく》讐《しゅう》のために四人を殺そうとした伊都さん以上に、あまりに異常ではないだろうか。

と、さて、と白水青年が口を開いて、

「じゃあ、すっかり準備も整ったことだし、暇潰《ひまつぶ》しに話でもしようか」

苦笑したのか、白い歯が見えた。あるいは失笑か、嘲笑《ちょうしょう》かもしれない。

「実は、伊都さんが僕ら四人の殺害計画を練っていることは、九ヶ月前から知ってたんだよ。今年一月――佑児さんが亡くなる直前に手紙が送られてきてね。伊都さんは、澄玲さんの亡くなった十六年前からずっと、ある殺人事件を計画している。それも全員が二十七歳になる頃に。だから獄舎には近づくなって」

え、と訊《き》き返した声が裏返ってしまった。

脳細胞に電流を流されでもしたように、頭の中が真っ白になる。

まさかそんな。先ほどの円花さんの告白では、伊都さんが隠し子の存在を――澄玲さんの死の原因を知ったのは、佑児さんの死後という話だったのに。

「そう、すでに十六年前には、伊都さんは澄玲さんの遺書によって、その死の原因を知ってたんだ――知っていて、その不義の子が、二十七歳の誕生日を迎えるまで生かすことに決めたんだよ」

と言った白水青年が、ふっと笑って肩をすくめると、

「同時に、佑児さんも生かされることに決まったわけだ。だから都内の豪邸を引き払って、この最果ての地に引っ越してきた――つまりは投獄したわけだよ。佑児さんが囚人で、伊都さんが看守。罰が執行されるまでの間、独房に閉じこめるみたいに。そして、その罰は、伊都さんと同じように二十七歳まで生きた我が子を喪《うしな》うことだったわけだ」

そう言葉を継いで、皮肉の形に唇を歪《ゆが》めながら、

「澄玲さんがアドレナリン注射によって〈病死〉したのが二十七歳。それなら、その死の原因となった不義の子もまた二十七歳でその命を絶たれるべきだ――それが伊都さんの考えだったわけだ。目には目を、歯には歯を。同害報復――つまりは〈旧約聖書〉の出エジプト記二十一章の応報刑《タリオ》だよ。実際には、佑児さんの隠し子である僕と、巻き添えになった三人をその手で葬るために」

その瞬間、息もできないほどの衝撃に頭を殴られた気がした。

語られる言葉の異様さに、わけもわからず背筋が震える。

そして、まさか――佑児さんと不倫相手との間に生まれ、別の夫婦の実子として届け出されたという赤ん坊は、白水青年のことだったのか。

と、じっと考えこむ風だった皓少年が、そこで静かに口を開いて、

「さて、どうもわかりませんね。何らかの方法で伊都さんの計画を知った佑児さんが、我が子である白水さんに秘《ひそ》かに警告の手紙を送った――ここまではわかります。けれど、それなら伊都さんは、四人のうちの誰が隠し子なのか、佑児さんに問いつめることもできたはずです。ＤＮＡ鑑定という手段もあったのでは」

「ところが、どうも伊都さんは、佑児さんを嘘と欺瞞《ぎまん》の塊だと決めてかかってたらしくてね。隠し子は誰だって訊けば、十中八九、全然関係のない別の子供の名前を挙げるだろうって確信するぐらいに。まあ、佑児さんなら、本当にやりかねないと思うけど」

ははは、と苦笑した白水青年は、おどけたように組んだ両手を頭の後ろに回して、

「けれど、もともと伊都さんには、僕たち四人の命を奪うことへの良心の呵責《かしゃく》なんてなかったんじゃないかな。欺くなかれ、隠すなかれ、偽るなかれ――十五年前にこの戒律を破って、秘かに黒猫を飼い始めた時からずっと、伊都さんにとって僕らは炉にくべるべき悪しき種だったからね」

感情のこもらない目で言うと、右頬を押し上げるように笑って、

「十五年前、この獄舎に僕たちを呼んだのは、伊都さんなりの実験だったんだと思うよ。

四人の子供たちの中に罪なき者がいるかどうか見極めるために。結果として四人全員が、伊都さんの言いつけに背いて隠し事をした——あの時から、伊都さんにとって僕たちは、存在するだけで断罪されるべき悪になったんだよ」

——そんな、と。

喉の奥から震え声がもれた。

同時に脳裏に浮かんだのは、真鍮《しんちゅう》製のプレートに彫られた小さな文字だ。

欺くなかれ。

隠すなかれ。

偽るなかれ。

善き者として己を正し、正をもって邪を正すことを心せよ。

そうして欺き、隠し、偽って、ひそかに子供たちが飼っていた黒猫は、断罪の斧《おの》によって首を切り落とされたのだ。

けれど、と青児はうめく。もしも罰を与えるために黒猫の首を切り落として、それを子供たちの目にさらすことを善だとか教育だとか言うなら——そんなのは、たとえ地獄に堕《お》とされようと糞喰《くそく》らえだ。

と、そこで。

「……なるほど」

ぽつり、と皓少年の声がした。小さく顎《あご》を引きながら、まるで独り言のように。

「欺くなかれ、隠すなかれ、偽るなかれ――誰か一人でもこの掟《おきて》を守っていれば、黒猫の首は斬られず、何も起こらなかった――という点は、今回の事件と同じですね。共犯を持ちかけられた三人の内の誰かが警察に駆けこんでいれば――あるいは他の二人に包み隠さず打ち明けていれば、その時点で事件そのものが破綻《はたん》していたはずですから」

そんな、と言いかけたところで、ぎゅっと心臓を握り潰《つぶ》されたように苦しくなった。

――わかってしまったからだ。

もしも共犯者たちの告発によって計画倒れに終わったなら、伊都さんにとっては四人の中に罪なき善人がいることの証明になる。

けれど、もしも何事もないまま約束の日を迎え、滞りなく計画が進んだなら――少なくとも四人のうち三人は、死の罰を受けるに相応《ふさわ》しい悪人という証明になりえるのだ。

(けれど、だから殺されて当然だ――なんてこと、絶対ないのに)

と、まっすぐ顔を上げた皓少年が、真っ向から白水青年を見つめつつ、

「しかし、アナタはどうして佑児さんの手紙のことを隠したんでしょうか。たとえ手紙の内容については半信半疑だったとしても、実際に獄舎で殺人事件が起こった段階で、生き残った従兄弟《いとこ》たちに警告することも、あるいは〈死を招ぶ探偵〉の棘さんに相談することもできたでしょうに」

そう問われた白水青年は、どこか億劫《おっくう》そうに目を細めると、

「そうだね。君の言う通り、手紙の内容については、ずっと半信半疑だったんだよ。もともと万年ノイローゼ状態で、アルコールによる幻覚と神経衰弱が友だちみたいな人だからさ。現実と妄想の区別なんてついてないんじゃないかって――けれど結局、そんなのはぜんぶ言い訳なんだろうね」

と言って白水青年は溜息《ためいき》を吐いた。肺に残った空気を残らず吐き出すように。

「結局のところ僕は、あの男が本当の父親だって誰にも知られたくなかったんだよ。溝呂木佑児に隠し子がいるってことさえ、できれば誰にも伝えたくなかった。今この時でさえ、君たちに死んで欲しくてたまらないからね」

そう言って笑った白水青年の顔には、疲労と諦めのようなものが居座っていて、どこか奇妙なその表情は、泣き顔の出来損ないにも見えた。

――と。

「なら、アナタが伊都さんを自殺に追いこんだ理由はなんだったんでしょうか？」

質問を重ねた皓少年の声は、静かだった。静かすぎるほどに。

すると、長い長い沈黙が落ちて。

片手で前髪をぐしゃっとかき乱した白水青年が、一度目を閉じて首を振った。しばらく間を置いて、もう一度首を横に振ると、

「どうしても赦《ゆる》せなかったって言えば、きっと格好がつくんだろうね。すべての元凶は

あの人で、現に従兄弟《いとこ》二人が犠牲になって、僕だってあの人に殺されかけたわけだから。その全部が、どうしても赦せなかったって。けれど本当のところは――そんなのどうでもよかったんだよ」

そこで喉《のど》がつかえたように声が途切れた。

そうして、こみ上げる何かをこらえるように、細く静かに肺の空気を吐き出すと、

「あの人がクロを殺したからだよ、僕にとっては。結局、僕があの人を殺す理由なんて、他に何もなかったんだ」

かすれて震える声は、疲れ果てて、途方に暮れているように聞こえた。

――あるいは、泣き疲れた子供のように。

（ええと、クロっていうのは、まさか十五年前の――）

と、唖然と声を失った青児の前で、ガタン、と白水青年が椅子から立ち上がると、

「さて、じゃあ、そろそろかな」

と言ってジャケットのポケットから先ほどのスタンガンを取り出すと、聴衆である四人に――いや、今なお気絶している棘を含めた五人に向けながら、

「昨日、君たちのために応接室に運びこんだ石油ストーブをさっき厨房《ちゅうぼう》に移動させたんだよ。ちょっと細工して、不完全燃焼で一酸化炭素が発生するようにしておいたから、そろそろ頭痛がしてくる頃じゃないかな。〇・三パーセントの一酸化炭素が含まれた空気を吸入すると、だいたいの人間が三十分以内に死亡するからね。だから、そうなる前

に退散させてもらおうかと思って」

全身の血が音をたてて引いたのがわかった。心臓が痛みを感じるほど激しく脈打ち、胸に恐怖の影が差す。まさかそんな——知らないうちに殺されようとしていたなんて。

（け、けど、さっきから全然、何の臭いも）

すん、と鼻を鳴らして、思い出してぞっとした。一酸化炭素は、無色無臭なのだ。

と、一歩踏み出した白水青年が、顔の高さにスタンガンをかかげて、

「さて、扉には外からつっかえ棒をさせてもらうけど、念のため、全員一度気絶してもらえないかな？　後で火をつけるつもりでいるけど、焼死よりも先に中毒死すると思うから、火にまかれて苦しむ心配はないと思うよ」

言いながら一人一人の顔を見つめると、すべてを手放すように両手を広げて、

「それじゃあ、おやすみ、どうかいい夢を」

おしまいを告げる顔で、嗤《わら》った。

＊

高校に入学して半月経った頃には、クラスの全員から避けられるようになっていた。

けれど、別にきっかけなんてなかったんだろう——と糸魚川浩平は思う。

——あるとすれば、それはきっと俺が俺だからだ。

離婚した両親のかわりに、ずっと面倒をみてくれていた祖母は「つらいなら外に出なくてもいいよ」と言ってくれた。五階建ての都営住宅——四畳半の和室に閉じこもっていると、息をするのがずいぶん楽になる気がした。たとえネットに張りついてゲームをするのが、毎日のすべてだとしても。

なのに、自分はここにいていいんだ、と思うことができずにいる。

いや、きっと問題はそこじゃない。

皿洗いのバイトをして、何枚も皿を割ってしまった。ホールスタッフのバイトをして客と喧嘩《けんか》沙汰《ざた》になってしまった。そうして次々とアルバイト先をクビになっていくうちに、気がつくと近所中のコンビニから出禁を言い渡されてしまった。

すれ違う時、相手に馬鹿にされていると感じると、ドン、と肩をぶつけてしまう。態度の悪い店員がいると、レジ台を殴る。気がつくと、このやろう、ちくしょう、ばかやろう、と誰に言うでもなく呟《つぶや》いている。

周りから見れば、つねに他人を攻撃しているように映っただろう。けれど浩平からすれば、自分のしたことは、ただの被害者としての仕返しなのだ。つねに他人に脅かされて、つらくて苦しいのは浩平自身だ。

嫌われるのが怖くて、嫌う。

罵《ののし》られるのが嫌で、罵る。

避けられるのが不安で、避ける。

たとえ、それが被害妄想と、過剰防衛だとわかっていても。

けれど四畳半の和室から一歩出れば、世間にあるのは、ただ有用か無用かの区別だけで、そうすると自分の存在は、まぎれもない不要品だった。

結局、努力すれば何でもできる、誰にでも可能性があるというのは、何もできない人間を絶望させないための目くらましなのだろう。それで生きるのをやめられてしまっても困るから。

ふと何かに追い立てられるような、たまらない気持ちになって四畳半の部屋を出た。

台所に行けば、茶の間でテレビを観ている祖母の背中があるのだろう。その背中があまりに小さくて、ときどき後悔と罪悪感で破裂してしまいそうになる。

振り向いて浩平と目があえば、「おやつがあるよ」と言うのだろう。小学校から帰ってきた孫に「おかえりなさい」と言うのと同じ口調で。

きっと祖母の中で自分は、つらい外から帰ってきて、お菓子をせがむ子供のままだ。

今の自分は、そんな昔の自分のなれの果てで。

そして明日《あした》の自分も、今の自分のなれの果てだ。

結局、どんなに変わりたいと願っても、別人になんかなれやしないのだろう。

それでも、浩平は助かりたかった——自分自身から。

*

中学から高校までの六年間、剣道部で部活に打ちこんできたのに、結局、一ノ瀬白帆はレギュラーを勝ちとることができなかった。たまに補欠として予選に出ても、負けや引き分けばかりで、一本とれたためしがない。

真面目に稽古《けいこ》に励んで、人一倍努力してきたはずなのに。そう思うたびに「どうせ私なんて」という言葉を口の中で嚙《か》み潰《つぶ》してきた。

努力することに価値がある――はずなのに、頑張って頑張って、我慢して我慢して、それが結果につながらないなら、一体どうすればよかったんだろうか。

両親は「お姉ちゃんは努力家だから」と褒めるけれど、合格のお祝いにホテルのレストランで食事をしたのは、昔から何かと要領のいい弟が医学部に合格した時だけで、白帆が滑り止めの大学に入った時には、夕食の後でケーキを食べただけだった。

けれど、あの頃はよかった――と今なら思う。学生の頃は、自分は誰よりも努力していると思いこむことで、そうじゃない周りを否定することができたから。

それができなくなったのは、就職活動が始まってからだ。

手当たり次第に面接を受けて、受けた側から落ちていった。不採用通知を受け取るたびに「お前なんかいらない」と宣告されている気がした。

いつからか足の裏には、剥《は》がれてグシャグシャになった絆創膏《ばんそうこう》の感触があって、剥《む》き出しになった靴擦れは一歩ごとに鈍く痛んだ。

内定もらった、とSNSで報告する同級生たちを目にするたび、心の膿《うみ》のようなものがどろっと溢《あふ》れて溺《おぼ》れ死にそうになる。

どうして私じゃないんだろう――そう思うたび、本来なら与えられたはずの何かを奪われたような気持ちになった。

努力しているのに。頑張っているのに。我慢しているのに。それでも自分を幸せにすることができないなら、もう他人の不幸を願うしかないんだろうか。

そのすべてを保留にするための手段がアルコールだった。

酎《ちゅう》ハイの缶をつかみ、プルタブを起こして一気に半分ほど飲み干す。そうしている間だけ、頑張らなくていい言い訳を手に入れられたような気がした。

けれど、やがて酎ハイを呑《の》まなければ眠れないようになって、途中で目が覚めるたびに「また眠れなくなって面接に遅刻したら」という不安から、何度も飲酒をくり返すようになってしまった。

そうして気がつくと手が震えるようになっていた。

頑張って隠して、隠しきれなくなって、派遣社員として働き始めてからも、手の震えについて何か言われるたび、退職や転職をくり返すようになってしまった。

――どうして私だけ。

そう呟くと、ときどき涙が溢れて止まらなくなる。

報われた、と一度でも思える何かが欲しかった——もう頑張らずにすむために。

＊

物心ついた頃から自分というものが末広円花にはなかった。

——与えられなかった、と言えるかもしれない。

幼稚園、小学校の頃はもちろん、中学生になってもなお、テレビも漫画も映画も母親に許されたものしか楽しむことができなかった。クラスの友だちと遊びに出かけて、初めて自分で選んだ服は、翌日にはクローゼットの中から消えてしまった。

そしてもう二度と、その子と買い物に行くことはなかった。円花の友だちも、母親が選んでいたからだ。

それからも自分一人の判断で選んだり買ったり、何かを決める時に相談しないというだけで、とんでもなく悪いことをしたような、母親を裏切ったような気持ちになった。大学の友だちや、職場の人たちと話をしても、この人はなんて言ってもらいたいんだろう、どんな反応をして欲しいんだろう、とそんなことばかり気になってしまって、何を言っても、自分とは結びつかない借りもののように感じてしまう。

ありのままのアナタでいい、という言葉をよく見かけるけれど、ありのままの自分なんてもの、かつて円花にもあったんだろうか。

――今でも、どこかにあるんだろうか。

哀しいのか楽しいのか淋《さび》しいのか、自分の気持ちさえよくわからないのに。

だから。

「あの……この前、同窓会で会った友だちから聞いたんだけど」

そう母親に相談しようとした時も、どんな顔をすればいいかわからなかった。

「どうしても今の自分を変えたくて、同窓会で再会した男の人とホテルに行ったみたいで。そうしたら後で電話もＬＩＮＥもブロックされて――」

すると母親は、深々と溜息《ためいき》を吐いて、

「そんなお友だち、あなたには必要ないでしょ」

うんそうだね、と応《こた》えながら、それでも円花にはわからないままだ。

これから自分がどう生きていくのか、お腹の子のことをどうするのか。何もかも、わからないままだけれど――。

ひょっとすると自分は、誰かの母親にだけはなりたくないのかもしれない。

*

無人の玄関ホールに立った時、白水蒼汰が思い出したのは、ポーの〈黒猫〉だった。

考えてみると、あれもまた完全犯罪を成し遂げるはずだった男の話なのだ。そう、斧《おの》で妻の頭を叩《たた》き割り、死体を地下室の壁に塗りこめた男の罪は、誰に知られることなく闇に葬られるはずだったのだ――冥府の王《プルートー》という名の、一匹の黒猫さえいなければ。

（なんにせよ、その男よりも僕の方が罪は重いんだろうけどね）

なにせ、これから五人もの人間を殺そうとしているのだから。いや、犯人役に仕立て上げる予定の一人を加えれば、六人か。

その六人目――伊都さんの復讐を代行していたらしい彼女は、手首を縛り上げた状態で、ある場所に閉じこめてある。

監禁――というべきだろうか。けれど、蒼汰からすれば、睡眠薬入りのコーヒーを捨てた後、治療室で眠りこんだフリをしている最中に襲いかかってきたのだから、現行犯逮捕と言ってもいいような気もする。もっとも、彼女の解放と引き換えに蒼汰が伊都さんを自殺に追いこんだことを知っている以上、はなから警察に引き渡す気はなかったけれど――もちろん、伊都さんとの約束通りに解放するつもりもさらさらない。

（だから円花ちゃんにも口止めして、睡眠薬入りコーヒーの件を不問にする代わりに、彼女の存在そのものを隠してもらったわけだしね）

そして、これから彼女をスタンガンで気絶させた上で玄関ホールに運びこみ、頭から灯油をかけて焼き殺すことになる。もちろん玄関扉を施錠して、この獄舎そのものを巨大な密室に仕立て上げた上で。

つまり、この獄舎に集まった人々を皆殺しにした彼女が、最後の仕上げに頭から灯油をかぶって焼身自殺した——という筋書きだ。

いや、皆殺し——と呼ぶには、もちろん一人足りない。

——蒼汰だ。

けれど蒼汰自身は、後ほど警察か消防に保護される予定だった。近くの民家に助けを求めるため、昨夜のうちに獄舎を脱出したものの、霧のせいで迷子になってしまった、間抜けで善良な一人の警察官として。

さて、後はただ——なすべきことをなすだけだ。

玄関ホールを出ると、まずは脱出経路の状態を確認するため、遠野《とおの》という青年から拝借した鍵《かぎ》でVI号室へと踏みこんだ。隠し扉になったガラス扉つき本棚を開くと、十五年前の記憶通りに、地下の暗闇へとまっすぐに梯子《はしご》がのびている。

慎重に梯子に足をかける。明暗差で目がくらんだのか、一瞬、誰かの手で目隠しされた気がした。昏《くら》い——というよりも、光がないのだ。

（結局、地下室から外に出られることに気づいたのは、僕以外にいなかったわけか）

もともと蒼汰がこの隠し扉を見つけたのは、三人の従兄弟《いとこ》たち——とくに運動も勉強もたいていのことはそつなくこなす蒼汰を目の敵にしていた白帆と糸魚川の二人——から仲間外れにされた挙句、一人きりで探検ごっこにいそしんだ結果だった。

もともとは、暴動や火災が発生した時のための避難路だったようだが、北棟との連結部を封鎖した際に、地下にも煉瓦《れんが》壁をもうけて外から侵入できないようにしたらしい。

ただ、壁から染み出した沼の水によってモルタルが劣化したらしく、隅の方に小さな穴があいていて、ある日、そこからひょっこり現れたのが、黒猫のクロだったのだ。

真っ黒で、年寄りで、温かい猫だった。捨てられてからだいぶ経つのか、毛並がごわごわで、目つきが悪くて、とくに可愛くもなんともない顔をしていたけれど。

その日のうちに蒼汰は、従兄弟たち三人に「こっそりみんなで飼おう」と提案した。

案の定、初めの一日だけはチヤホヤとかまい倒していたものの、たちまち三人とも世話を投げ出してしまい、餌をやるのも一緒に遊ぶのも、蒼汰一人きりになった。

もっとも、もともと従兄弟たち三人を隠しごとの共犯にするのが目的だったので、蒼汰の予想通りだったのだけれど。

(――ここにいてくれたらよかったのにな)

どうしてだろう、なぜだか無性にあの猫に会いたかった。

膝の上によじ登って、うとうとと転寝するのが好きだった。頭を撫でてやれば、ふるっと耳を震わせて、ニャア、と甘えた声で鳴く。何十回、何百回と撫でても、いつも温かくて、柔らかで、ちっぽけで、大切だった――何よりも、誰よりも。

けれど、今はただ――真っ暗闇の穴の中に、蒼汰一人がいるだけだ。

そのはずなのに。

一瞬、寒気のような不快感が全身を覆った。

——違和感、だろうか。

いや、もっとかすかで、心のざわつくような——強いて言えば、気配だ。あとほんの少しで到達する地下の暗闇に、黒い獣が待ちかまえているような。

息をひそめて。足音を殺して。

気づいた時には、すでに手遅れの距離に。

（いや、そんな馬鹿な）

何も——誰も、この暗闇の底にいるはずがない。生き残った全員、それぞれ閉じこめてあるのだ。今、この獄舎の中を動けるのは、蒼汰と——あの一匹の黒猫だけだ。

では、まさかあの黒猫が地下にいるのだろうか、と考えた直後に。

——息ができないほどの衝撃がきた。

熱い、と思った瞬間、一気に左右の手から力が抜けて、一瞬後には床に全身を叩きつけられていた。同時に、燃えるような背中の熱が、激痛へと変わる。

食い縛った歯の隙間から、獣じみた唸《うな》り声がもれた。

背後から撃たれたのだ、と気づいたのは、その数秒後で。

ほとんど眼球の動きだけで真っ暗な闇を探った視線が、そこに決しているはずのない人物の姿をとらえていた。死人のように白い指先で、小型の拳銃《けんじゅう》をかまえながら。

死神、亡霊、悪魔——いや、違う。

——黒猫だ。

この世の、ありとあらゆる禍々《まがまが》しいものすべてを混ぜあわせたような、黒い獣が。地獄の咆哮《ほうこう》を上げながら、地下の壁に塗りこめられた罪を暴き立て、罪人を絞首台へと送りこむために。

——凛堂荊が。

そうして一回り笑みを深くすると。

死者にも似て色のない唇で嗤《わら》いながら。

かすかに、喉《のど》の奥深くで。

——なあお、と鳴いた。

*

致命傷ではない、という確信が蒼汰にはあった。

そもそもどうして銃を手にしているかわからないけれど、急所からは完全に外れているし、銃の威力そのものが小さすぎる。が、立ち上がろうとした途端、激痛にうめくはめになった。気を抜くと、痛みで呼吸が止まりそうだ。

「……ど、うして、ここに」

喉の震えを抑えながら、声を振り絞ってようやく訊《たず》ねる。

目の前の青年が、この場所にいるはずがないのだ。なにせ外からつっかえ棒をして書斎に閉じこめた際に、長椅子の上で眠っている姿を鍵穴《かぎあな》から確認しているのだから。

と、そんな蒼汰を見下ろした荊は、放っておいたらのびたようにも見える不揃いな前髪の下、屍蠟《しろう》のように白い貌《かお》をさらしながら、どこか億劫《おっくう》そうに目を細めて、

「書斎にも隠し扉があってね。地下からじゃわかりづらいけど、天井の換気口から折り畳み式の梯子《はしご》を下ろせるんだよ。それに、空気の流れが読めさえすれば、隠し扉の存在にはすぐに気づける――もっとも僕みたいに目の不自由な存在に限った話だろうけど」

囁《ささや》くような声で言った。

死者の独白にも似た、けれど不思議とよく徹《とお》る声で。

そして、ふっと吐息だけで笑うと、

「この扉から外へは一歩も出ないように――それが、あの子との約束だからね。だから扉以外に書斎から出る方法が必要だったんだよ。こう見えて約束は守るたちだからね」

詭弁《きべん》だ――と反論する余裕も蒼汰にはなかった。

と、拳銃の重みに耐えかねたように、華奢な右腕がだらりと下がった。そうして無造作に右から左に拳銃を持ち替えると、すいっと持ち上げた右手を片耳へとのばして、

(――イヤホン?)

耳から外したそれを荊はインヴァネスコートの右ポケットに突っこんだ。

その拍子に、ちらりと小型の機器が覗《のぞ》いて、殴られたような衝撃を受ける。一見、小

型のトランシーバーにも見えるが——あれは盗聴器の受信機だ。

「そ、これ……ど、こに仕掛けて」

「玄関ホールと食堂の二箇所だよ。それと篁さんにⅣ号室とⅥ号室の鍵を入れ替えてもらって、隠し扉を使えないようにしたんだけど、こっちはあまり意味がなかったな」

ことり、と小首を傾げながら、事もなげな返事があった。

首筋から冷水を流しこまれたように、ぞっと背筋に震えがくる。ごくり、と喉仏《のどぼとけ》の上下する音が、耳の中でうねる血流の音に呑《の》みこまれていった。

振り返ってみると——玄関ホールで双子の兄弟と対面した時、糸魚川の悲鳴で書斎に駆けつけた蒼汰たちに対し、荊一人だけが玄関ホールに残っていた。

ではまさか——あの時すでにこの青年は、玄関ホールの隠し扉に気づき、その上で玄関ホールと食堂の二箇所に盗聴器を仕掛けていたのか。

「……何なんですか、アナタは」

必死に息を整えて訊ねる。さながらポーの〈黒猫〉のように、死と破滅そのものにも感じられる、ひたすら不気味で謎めいた、目の前の存在に向かって。

問われた荊は、ただ眠たげな猫のような瞬《まばた》きをして、

「——探偵だよ」

その言葉とともに、ひらり、と一枚の紙片が目の前に落ちた。

洋書の一ページを破り取ったそれには、見覚えのある走り書きが並んでいる——ああ、

わかった。あの男が、死の直前に書き残したメモだ。

ついに恐れていたことが起こってしまった。黒猫が生き返ったのだ。

死んだはずの黒猫が、この最果ての地に帰ってきた。おそらくは復讐《ふくしゅう》のために。それとも、この手で斧《おの》を振り下ろした彼女とは、別の存在なのだろうか。どちらにせよ、私は確かめなければならない――再び彼女がこの獄舎に現れた、その理由を。

「僕の請け負った依頼は、あくまで黒猫の謎を解くことだからね。だから昨日一晩、書斎の本を調べたんだよ。溝呂木佑児という作家に〈思いついた言葉をつど書きとめる癖〉があったのなら、他の本にも同じような走り書きがあるだろうからね」

事もなげに告げられた瞬間、動揺に視界が揺れた。

どうして、もっと早く気づけなかったのだろう。元はあの男の私室だったという治療室に本が一冊も置かれていなかった以上、走り書きの残されている可能性があったのは、あの書斎だけだったのに。

――そして。

結論から言えば、走り書きの中にある〈黒猫〉というのは彼女だった。復讐代行人として、招待客二人の喉に牙を突き立てた、いるはずのない十人目。

今から十年前――底なし沼の噂を聞きつけた両親によって、湿原に捨てられた彼女を、伊都さんは獄舎へと迎え入れた。そうして当時九歳だった少女に〈黒猫〉という呼び名をつけたのだ。

(迷子として警察に届けなかったってことは、その頃からいずれ復讐を手伝わせるつもりだったんだろうな)

そして、何らかの拍子に復讐計画を知ってしまったあの男が、伊都さんが不在の隙に、斧で彼女を斬りつけ、霧の立ちこめる湿原へと追い出した――おそらくは殺すつもりで。そうして一人獄舎に残ったあの男は、帰ってきた伊都さんの目に、彼女が金目のものを盗んで街へ逃げたように映るように見せかけたのだ。

――けれど。

果たして彼女は生きていた。そして澄玲さんの死から十六年後――十九歳の少女となった彼女は、蒼汰たちが二十七歳になる年に、この獄舎へと帰ってきたのだ。

おそらくは、伊都さんとの間に交わした復讐の約束を果たすために。親に捨てられた子供と、子を亡くした老母の間には、何らかの絆《きずな》があったのだろう。

――糞喰《くそく》らえ、とは思うけれど。

そう、溝呂木佑児という作家が、世にも恐ろしい化け物を目にした顔で息絶えていたのは――復讐のために生き返って獄舎へと帰ってきた彼女の姿を目の当たりにした、その驚きと恐怖のためだったのだ。

と、ふっと息を吐いた荊が、ゆっくりと瞬《まばた》きしながら口元だけで微笑んで、

「ああ、それから――君たちのことも書かれてたよ」

途端、ぶわりと噴き上がった恐怖とともに、肋骨《ろっこつ》の下で心臓が軋《きし》んだ。喉《のど》の奥で潰《つぶ》れた悲鳴が、心臓となって暴れ回っているかのように。

が、その動揺を目の当たりにしているはずの荊は、一片の感情すら含まない声で、

「君の父親は、もともと内気で動物好きの子供だったらしいね。だからこそ伊都夫人に選ばれたわけだ。澄玲さんに相応《ふさわ》しい伴侶《はんりょ》として〈教育〉するために。そうして監視下に置き、性衝動を抱くことすら禁じて、中世の修道僧のような生活を強いた。その結果、あんな人でなしになったわけだ」

面白いね、という言葉とは裏腹に、つまらなそうな薄目をしながら。

「君の従兄弟《いとこ》たち一人一人が、溝呂木佑児という人物の写し身になってるんだよ。傷つきやすいがゆえに他人を傷つけて自分を守ろうとする攻撃性も。自分の落ち度には目がいかず、すべての責めを周囲に転嫁する自己正当化も。過剰なまでのいい子を演じる極度の従順さも――そして君だ。十五年前、黒猫の生首を前にして嗤《わら》った君の顔を見て、あの作家はこう思ったらしいよ。この子供は俺だ、俺そのものだって」

喉の奥からこみ上げた悲鳴をとっさに奥歯で嚙《か》み潰した。

恐怖の爪が心臓に食いこむ。そうして見えない血が噴き出す痛みとともによみがえったのは、この世で最も忌まわしい十五年前の記憶だった。

〈――かわいそうにな〉

ぼそり、と酒焼けして濁った呟《つぶや》きが聞こえた。

目の前のテーブルには、顎《あご》から下を失った黒猫の頭部があって、生きていた時と同じ、ごわごわした毛で包まれているのに、ちっとも温かそうには見えなかった。

それが哀しくてつらくて——そして怖くておぞましかった。

なぜなら、声の主であるその男は、鼻の奥で粘りつくような血の臭いを放ちつつ、おうおうと涙で頬を濡《ぬ》らし、こみ上げる嗚咽《おえつ》にむせびながら。

——嗤っていたのだ。

猿のように歯を剝《む》き出しにして、見る者の神経を逆撫《さかな》でにする、身の毛のよだつ歪《いびつ》な笑みで。そうして赤く血走ったその目を、ぐるっと蒼汰の方に向けると、

〈かわいそうに。やっぱりお前は、俺の息子なんだな〉

その言葉の矛先が、生首となった黒猫ではなく、自分に向けられているのを知った瞬間——蒼汰は、自分が父親そっくりの顔で嗤《わら》っていることに気がついた。

以来、溝呂木佑児という怪物が——正体不明で、不気味で、ひたすら忌まわしい何かが、自分の中に巣くっていることをひた隠しにして生きてきた。

いい人間でありたかった。善くありたかった。

正しくありたかった。

あの男とは別の人間であることを自分自身に証明するために。

——けれど。

（もしも、この獄舎で、糸魚川たちが殺されるのを止めたいと思うことができたら、その証明になると思ってたんだけど）

できなかった――どうしても、できなかったのだ。

だから、今はただ人でなしとして、なすべきことをするだけだ。

そう胸のうちで呟いた直後、ほとんど無意識の動きで、蒼汰はジャケットのポケットに手を滑りこませていた。血の気を失った指先が、スタンガンに触れる。同時に胸の奥で小さな火花が散った。苛立ち、怒り、憤り――いや、どれも違う。

握りしめる手に力をこめると、冷たいプラスチックの感触に、沸騰しかけた血が急速に冷えていくのを感じた――殺意だ。

「……獣医になりたかったんですよ。本当は刑事なんかじゃなくて」

震え声で切り出しながら、意識して弱々しい笑みを浮かべた。

いかにも息絶え絶えに見えるよう、ふらつきながら立ち上がって。そうして、痛みによろめいたふりをしつつ、右目を失明しているらしい青年の死角へと移動しながら。

「どうも他人に共感しづらいというか、被害者の話を聞いても、どうでもいいとしか思えないんです。そんな自分が嫌で嫌で嫌で仕方ないのに、結局、どうにもなりませんでした。大学生の頃に両親を事故で亡くしてるんですけど、ちっとも泣けなくて。まあ、遺産は全額弟の手に渡ってるんで、もともとそんな程度の関係だったんですけど」

けれど、口からこぼれたのは、まぎれもない本音だった――苦しいほどに。

「自分は父親とは違う人間だって、そう証明するためだけに生きてきたのに、結局、行き着いた先は人殺しの怪物でした。ここだけの話、棘さんのことが、ずっと羨《うらや》ましかったんですよ。持って生まれた自分の正しさを疑ったこともなさそうで。そのくせ自分が被害者の立場になることなんて想像したことすらないみたいに——死ねばいいのになって思ってました。今でも思ってます、ザマーミロって」

言い終えると、作り物ではない笑みに頬が歪《ゆが》んだ。

容赦なく断罪の斧をふるうあの探偵の、その行動に迷いがないのは、悪を裁く側であるという絶対的な確信があるからだろう。それが、ずっと疎ましくて、まぶしかった。

生まれつきの怪物としてしか、生き続けることのできない人間にとって。

そこまで考えたところで、ふと違和感を覚えた。

かすかな空気の震え——だろうか。

見ると、いつの間にか深く顔をうつむけた荊が、小さく肩を震わせている。

笑っているのだ、と気づくには、さらに数秒が必要だった。

——哄笑《こうしょう》が上がる。

愉《たの》しくて。可笑《おか》しくて。

笑えて笑えて、もう我慢ができない、と言うように。

そうして、ひとしきり笑い続けた青年は、突然、蠟燭《ろうそく》の炎を吹き消したように、ふっと跡形もなく笑みをかき消すと、

「なるほどね、たしかに父親そっくりだ――けれど、君たちは怪物じゃない、ただの人でなしだよ」

凪《な》いだように静かな目でそう言った。

殴られたような激しい衝撃に、体の平衡感覚を奪われるのがわかった。わけがわからない。いや、わからないのは言葉の意味ではなかった。

この青年は――一体、何なんだ。

「十五年前、黒猫の生首を前にした君たちの表情は、恐怖やストレスに対する脳の防御反応だよ。戦争や災害で限界を超えた恐怖にさらされると、人はそんな風に笑うことがある。相反する感情を同時に発生させることで、脳が精神の崩壊をふせごうとするんだ。つまり君たちは、ただ恐怖に対して人一倍過敏なだけなんだよ」

ぐらっと空気がねじれて歪んだ気がした。喉の奥で潰れた悲鳴が異物のように気管をせばめ、呼吸のできない苦しさに背筋が震える。

すがるようにスタンガンを握りしめる手に力をこめると、冷たかったはずのプラスチックの感触は、手汗に濡れてすっかり温くなってしまっていた。

耳を塞ぎたいと思うのに、指一本すら動かせない。

ただ死者の独白に似た声だけが、囀《さえず》るように、囁くように。

「君はたしかに生まれつき共感性が欠如してるんだろうね。他人への関心や良心の呵責《かしゃく》もない。だから弟に腹が立つんだよ――僕と同じように。けれど、ただそれだけだ。その証拠に、君が何より恐れているのは、自分の中の悪が他人に害をなすことじゃなしに、それを他人に知られることだろ。つまりは保身だよ。そのためには人殺しすらいとわないほど、ひたすら怯えて、ただ怖がってるだけだ」

途端、死体そのもののように色を失った唇が、裂けるほどに吊《つ》り上がった。そうして琥珀色に光る瞳孔《どうこう》を、細く細く絞りながら。

嗤ったのだ——まるで黒猫のように。

「誤魔化すなよ、人殺し。君に人を殺させるのは怪物じゃない。君自身だ。怪物なんてどこにもいやしない。人でなしは、しょせん人なんだよ——君のように」

次の瞬間、喉《のど》からほとばしった声は、絶叫というよりも咆哮《ほうこう》に近かった。

ほとんど無意識の動きで、スタンガンをつかんだ手をジャケットのポケットから引き抜いた。手首をひねり、その先端を目の前の人物へと向ける。

激情によって狭まった視界の中、大きく一歩踏みこむと、荊の死角から腕を振り上げた。スパークボタンを押しながら、琥珀色に光る左目を狙って——。

次の瞬間だった。

空耳ともつかない、舌打ちの音がして。

直後、ありえない衝撃に体の動きが止まった。いや、違う。物理的に動けないのだ。

スタンガンをつかんだ手を背後から鷲掴《わしづか》みにされている。

そして。

「――なるほど、実に馬鹿馬鹿しい」

獣が吠《ほ》えるように、低く唸《うな》る声がした。

――誰だ？　何が起こっている？

が、蒼汰がその答えに辿《たど》り着くよりも早く――澱《よど》んだ空気を切り裂く音とともに、背後から側頭部にくりだされた回し蹴《げ》りが、その意識を吹き飛ばしていた。

＊

禍々《まがまが》しいほどの怒気を発した棘の背中は、手負いの獣そのものだった。

そして、うめき声一つ上げる間もなく気絶した白水刑事を殺気立った顔で見下ろすと、もう一度蹴り飛ばすべきかどうか思案しているように目をすがめて、

「……うっかり死なれても藪蛇《やぶへび》ですか」

舌打ちとともにかぶりを振ると、視界に入れるのも忌々しいと言わんばかりに背中を向けた――が、命拾いさせたのも同然と言える状況だ。

「――〈死を招《よ》ぶ探偵〉の肩書は返上したのかな？」

揶揄《やゆ》する口ぶりで訊《たず》ねた荊に、威嚇する犬の形相で鼻面に皺《しわ》を寄せると、

「もともと、そんなものになった覚えは一度もありませんよ。私が請け負っていたのは〈地獄代行業〉で、その肩書が失われた今は、ただの助手です——アナタのね」

そう言い放った棘の視線は、荊の右手に握られたものに注がれていた。

——スマートフォン・ガンだ。

見た目はごく普通のスマートフォンだが、スライド式のグリップを下ろすと、トリガーが現れて小型の拳銃《けんじゅう》へと変化する。かつて青い幻燈号に乗車した際、鵜ノ木《うのき》という少女に手渡した自動拳銃だ。

と、険しく双眸をすがめた棘が、鼻白んだように鼻を鳴らして、

「なるほど、利き手から銃を放した——と見せかけて、さらに小型の銃をコートのポケットの中にひそませていたわけですか。死角から狙うつもりで相手が襲いかかった瞬間、ほとんど零《ゼロ》距離から撃つつもりで」

そう、先ほど白水刑事を撃った小銃は、今も利き手とは逆の左手にある。

そして右手は——盗聴器のイヤホンをしまった際に、あらかじめコートのポケットに入れてあったスマートフォン・ガンを操作して、すぐさま発砲できる状態のまま、ポケットの中で握りしめていたのだ。

「見張り役《小野篁》がついている以上、正当防衛を成立させる必要があったからね。僕やお前に牙を剝いた輩は、ひとまず殺すことにしてるんだよ。けれど、まさか邪魔が入るとは思わなかった。食堂に閉じこめられてたはずだけど、どうやって外に出てきたのかな？」

問われた棘は、眉間の皺をさらに一段深めた。ぎり、と軋《きし》む音をたてて奥歯を嚙《か》むと、食い縛った歯の隙間から唸るようにして、

「明け方頃、倉庫にあったツルハシで、厨房《ちゅうぼう》の地下貯蔵庫の壁に穴をあけたんですよ。玄関ホールに〈出口専用〉の隠し扉があるのはわかりましたが、〈入口専用〉がどこにあるかわかりませんでしたので。闇雲に探すよりも、掘り当てた方が早いだろうと」

　さすがに予想外の返答だったのか、珍しく荊が小石を嚙んだような表情をした。返す言葉につまったのか、二度三度と口を開閉すると、ゆっくりと息を吐き出して、

「……馬鹿なのかな？」

「お前よりマシだ」

　底冷えする声で吐き捨てた棘が、意識を取り戻しかけているのか、苦悶《くもん》のうめき声を上げた白水刑事に、もう一度蹴りを入れて気絶させた。もはや完全な八つ当たりだ。

　荊から、かすかに笑った気配がする。

　と、肺の空気を残らず吐き出すつもりで溜息《ためいき》を吐いた棘は、低く抑えた――だからこそ底に隠した怒りや苛立《いらだ》ちを感じさせる声で、

「嘘を吐くな、と言ったはずですが？」

「そうだね。だから嘘を吐かなかったんだよ。ただ、何も言わなかっただけで」

「……でしょうね」

　存外静かなその声に、おや、と荊は意外な気持ちで瞬《まばた》きをした。すると、そんな荊の

視線を感じたらしい棘が、口の中で舌打ちして、

「――馬鹿馬鹿しい話ですが」

そう前置きして荊に向き直ると、一瞬でも目をそらしてみろ殺すぞ、と言外に脅す目つきでにらみながら、深く息を吸いこんで、

「結局、そんなのは大したことじゃない――と思うことにしました。アナタが嘘を吐くのも、アナタの嘘に騙《だま》されるのも、別にかまいません。私自身がアナタのことを信じようが信じられまいが、別にどうだっていい。ただ二度と死なせないことに決めた――それだけです」

最後まで目を離さずに言い切った。

――返事には一呼吸分の間があった。

呆《あき》れたのか、気が抜けたのか。声と眼差《まなざ》しにかすかな笑みを含んで、

「前から思ってたけど、僕のことになると馬鹿になるね、お前」

でしょうね、畜生――と反射的に言いそうになって、とっさに止める。そうして表情を誤魔化すように、乱れきった前髪を片手で撫《な》でつけながらにらみ返すと、

「――お前よりマシだ」

*

霧が晴れようとしている。

幾重にも塗り重ねられた白一色の闇に、淡く滲んだ太陽の光が、世界に色と光を取り戻そうとしていた。瞼を閉じれば、その瞬間に消えてしまいそうなほど、まだまだ弱々しいその光は、けれど悪夢の終わりによく似ていた。

そして。

縄抜けの心得のあった篁さんの手により、食堂から解放された青児と皓がまず向かった先は、玄関扉の先に広がった駐車場だった。正確には、その一角に駐車された白水青年たちのワンボックスカーだ。

――サガシテ、と。

最後の最後に、懇願するように伊都さんが指差した先は――青児の背後にあった隠し扉ではなく、壁の向こうにある駐車場だったのだろう。

果たして、篁さんのピッキングによって開錠されたトランクルームには、手首を縛り上げられた一人の少女がいた。そうして、皓少年の手で拘束を解かれた少女が、まず初めにしたことは、伊都さんの安否を訊ねることで――。

なあ――おおお。

猫が、鳴く。

いや、あれは——世界の果てに吹く風の音だ。

それに応えるように上がったのは、一匹の黒猫の鳴き声ではなく、一人の少女の泣き声だった。そして、飼い主を亡くした黒猫ではなく——ただ一人の家族を亡くした少女の慟哭《どうこく》が、猫鳴く夜に終わりを告げた。

——もう黒猫は鳴かない。

第二怪　エピローグあるいはプロローグ

——何はともあれ、鍋《なべ》である。

具体的には、生姜《しょうが》の風味がきいた鶏《とり》団子におろし大根がどっさりのったみぞれ鍋だ。

野菜の甘みが上品に溶けこんだ白出汁《しろだし》に、ほくほくの肉団子、一口大の豆腐やカリカリの揚《あ》げ餅《もち》——といった具材が加わり、そこにおろし大根をたっぷりのせ、仕上げに刻んだ青葱《ねぎ》を散らしてポン酢でさっぱり頂く逸品である。

皓少年によれば〈雪見鍋〉とも呼ぶそうで、となると似合いの季節は冬なのかもしれないが、生姜がきいているせいか、一口頬張るごとにほかほかと体が温まって、〈真夏でも旨《うま》いと思います！〉と誰にともなく主張したくなる美味《おい》しさだった。

——季節は、秋。

ひんやりと空気に冬の匂いがまじるこの季節もまた、鍋物にはうってつけだ。

ちなみに、毎度お馴染《なじ》みの書斎で、グツグツと煮え立つ土鍋を前に菜箸《さいばし》片手に奮闘しているのは、言わずと知れた紅子さんで、朱と黒の和装メイド姿にたすきがけをした鍋奉行スタイルで場を取り仕切っているわけなのだが——。

「あの、よかったら俺が代わりますから、紅子さんも一緒に鍋を」

「鍋奉行から箸をうばうのは、宣戦布告と見なしますので」

「……あ、はい」

つまるところ、いつも通りだ——すっかり日常が戻ってきた、という意味合いで。

と、〆《しめ》のうどんまで堪能《たんのう》した後に。

（……うわ、寒っ）

玄関前のアプローチに出ると――途端、すうっと吹いてきた風に、ひんやりと全身を包みこまれるのがわかった。

湿っぽいような乾いたような。

しんと静かで、わけもなく淋《さび》しい感じがする、秋の夜風だ。

（えーと……食後の一服、は控えた方がいいんだよな、できれば）

かと言って立ち去る気にもなれず、手持ち無沙汰《ぶさた》のままアプローチに腰を下ろした。

背後の玄関扉は、つい一年前まで〈どうぞ中へお入りください〉と書かれた紙が張られていたのだが、今は取り外されている。

（そう言えば、あの張り紙を見かけなくなってから、もうずいぶん経つんだな）

懐かしい、というほど月日は経っていないはずなのに、ずいぶん遠い昔のようだ。

鬼火のように、狐火のように――あるいは、灯火《ともしび》のように。ぼうっと灯《とも》った家の灯《あか》りだけが、今もなお変わらない。

――誘蛾灯。

という三文字が脳裏に浮かんで、一瞬、懐かしさに胸をしめつけられた気がした。たとえ光に引き寄せられるまま、自分自身の行き先もわからずにいるのは、今も同じなのだとしても。

――あれから。

溝呂木邸で起こった殺人事件については、天候の回復とともに警察の手に捜査をゆだねることとなり、発砲の痕跡《こんせき》を隠蔽《いんぺい》するために篁さんと閻魔庁が暗躍したりもしたそうだが、近頃、ようやく一件落着したように思える。

どうにも気がかりだったあの黒猫については、なんと篁さんが飼い主に立候補したそうで、フランス語で黒猫を意味する〈シャノアール《chat noir》〉から〈ノア〉と名づけられ、文字通り猫っ可愛がりされているらしい。

……ぶっちゃけ青児よりも待遇がいいような気がしないでもない。

(ただ、今回は、なんとか生きて帰ってこれたけど――)

そっと下唇を噛《か》んで、吐き出しかけた溜息を寸前に呑《の》みこんだ。

あの悪夢のような獄舎で起こった事件について、篁さんや棘がいたからこそ何とか切り抜けられたわけで、もしも現地に派遣されていたのが、青児と皓の二人だけだったらと思うと――想像したくない、というのが正直なところだ。

(何があっても、必ず二人で生きて帰ってこなくちゃいけないのに)

そこまで考えたところで、青児の思考はいつも立ち止まってしまう。

――ならどうすればいいのか、答えを出すことができないからだ。

きっと考えてもどうにもならない。けれど、考えなければどうしようもない。なぜなら皓少年の助手は、青児一人きりなのだから。

(この先、俺が助手でよかったって、そう思える日は来るんだろうか)

元刑事の鳥栖青年に護身術の稽古《けいこ》をつけてもらって、簡単な応急処置ぐらいならできるようになって――他人から見れば、足踏みしているようにしか見えなかったとしても、それでも一歩ずつ積み重ねていくしかないのかもしれない。

他人のために何ができるか――なんて、自分がそんなことを思う日が来るとは、この屋敷に迷いこんだばかりの頃は考えもしなかったのに。

けれど今は――皓少年の力になりたい、と考えている。

たとえ青児自身にできることが、まだ数えるほどしかなかったとしても。

――と。

「おや、考えごとですか」

ひょいっと後ろから覗《のぞ》きこまれて、ギャッと跳び上がってしまった。

――皓少年だ。

「や、あの、別に、その」

「ふふふ、戻るのが遅いので気になりまして」

とっさに誤魔化そうとして「ええ」とか「いや」とか、意味不明な言葉を羅列した挙句、「と、隣あいてますよ」と口走った青児に、「おや、どうも」とにこにこ顔で応えた皓少年が、よっこらしょ、と腰を下ろして、

「ひとつ、お話ししておきたいことがありまして」

さらりと前髪を秋風に乱しながら、小さく息を吐いてそう言った。

「以前、青児さんの逃げ癖についてお話ししたことがあったと思うんですが——実は僕にも、これまでずっと逃げ続けてきたことがありまして」

——え。

と驚きの表情をした青児の傍らで、遠くの記憶を思い起こすような薄目をすると、

「恥ずかしい話ですが、体を鍛えるための鍛錬をことごとく怠ってきてしまったんですね。もともと運動嫌いというのもありますが——思えば、僕なりの嫌がらせだったんだと思います。ある種の反抗期というか」

しんみりと切り出した皓少年の声には、秋風にも似た翳《かげ》りがあった。どこか薄暗い影を帯びて——淋しげなような。

「文武両道の跡取りが欲しけりゃ、説教の一つでもしに来い、とそう思っていたわけです。結局、一度も来なかったんですけどね。紅子さんも、その辺の事情をくんで、無理強いしなかったんじゃないかと思います——ただ、しょせんは言い訳ですね」

ふっと息を吐いた皓少年は、考えあぐねるような沈黙をはさんで、

「ただ、いざとなったら父の配下に当たる妖怪《ようかい》をけしかければいいわけですから、並大抵のことでは怪我一つしなかったわけです——だからこそ驕《おご》りがあったんでしょうね」

と言うと、独白のような声で続けた。

「——紫苑《しおん》さんのことですよ」

その名前を聞いた瞬間、見えないナイフで胸を刺されたような気がした。

紅葉の燃える奥飛騨《おくひだ》を舞台に、荊の手によって絶体絶命の窮地に立たされたあの事件で、皓少年の身代わりとなって命を落とした、紅子さんの双子の兄だ。

ああ、そうか、と頷く。

考えてみると、至極当然のことなのだろう。きっと世界の果てのような、あの獄舎にいる間中、皓少年の脳裏には、ずっと紫苑さんの姿があって——隣にいる青児の存在が、紫苑さんに重なって見えたのではないだろうか。

「紫苑さんを犠牲にしたのは——せざるをえなかったのは、僕の弱さのせいです。なので、もっと強くならなければいけないな、と思うんですよ。青児さんと、百年の約束を果たすためにも」

と、そこで。

息一つ吐いてから、青児を見て。

そうして、顔と顔、目と目が、同じ高さになるようにすると。

「なので——半分ぐらい強くなってもらえませんか？」

と言うと、青児の顔を覗きこむようにして微笑みながら。

「半分ずつ強くなっていけばいいのかなって思うんです。そのぐらいなら、互いにどうにかなるんじゃないかと」

え、と青児が呆然《ぼうぜん》と瞬《まばた》きをした、その直後だった。

〈青児さんも、僕と同じみたいですね〉

隠し扉の前で耳にした皓少年の声が、頭の奥からよみがえって。

（ああ、そうか――皓さんも心配なんだ）

その目の奥に、そっくり同じ不安と恐れが隠れているのに気づいて、青児は胸をつかれた気がした。誰より、自分の弱さを自覚しているのも――死なない、死なせない、と覚悟することができずにいるのも、皓少年も同じなのだと。

「あの、しろ……」

名前を呼ぼうとして喉《のど》がつまってしまった。どうしよう、言いたいことがありすぎて逆に何も言えない。

そして、半笑いと半泣きが入り混じった顔で、深く息を吸った青児は、ゆっくりと噛みしめるように頷《うなず》いた。

まずは一度、考え考え、もう一度。

と、ほっと息を吐いた皓少年が、眩《まぶ》しいものを見るように目を細めて、

「じゃあ、まずは二人で一人分を目指しましょうか」

「はい、頑張りま……というか、やります、必ず。半分」

肺の奥から振り絞るように言うと、つん、と鼻の奥が痛くなった。知らず語尾が湿ってしまって、とっさに奥歯を噛みしめながら頷く。今は頷くことしかできなくても。

「どうせなら、僕は紅子さんに拳銃《けんじゅう》でも習いましょうかね」

「……基礎体力作りの前に殺傷能力の底上げをはかるのはちょっと」

というかどうして紅子さんに射撃のコーチがつとまるのか。紅子さんだからか。

そこまで考えると、なんだか無性におかしくなって半泣き顔のまま笑うと、皓少年もつられるように笑った。

きっと本当の正解はわからないままだし、もっとずっとどうしようもないことも起こるのかもしれない。けれど一人ではない、というだけで、なんだか希望がすぐ側にあるように思える。

どんなに立ち止まっても、足を踏み外したとしても、この先も二人で歩いていくために今のこの一歩があるのなら、何度でも踏み出せるような気がした。

そして、もうすぐ次の季節がやってくる。

——冬だ。

*

それは、丑三つ時の——夜が最も昏《くら》くなる時刻の出来事だった。

乏しい街灯に照らし出された夜道を青年が一人で歩いていると、白いヘッドライトの光と路面を噛むタイヤの音とともに、背後から一台の車が現れた。

——黒塗りのセダンだ。

まるで待ち合わせをしていたようなタイミングで——いや、正しくは待ち伏せだ。

ゆっくりと減速した車が、視界に滑りこむようにして停車すると、運転席側のドアが開いて、車内から二メートル近くの長身の男が降り立った。

——小野篁だ。

「よろしければお送りしますが」

言いながら、唇に笑みを刷《は》いて一礼した篁が、恭しく後部座席のドアを開ける。

そうして、呼び止められた青年——凜堂荊が、あきらめの溜息と共に後部座席に乗りこんだのを確認すると、ドアを閉めて運転席に戻り、路面を滑るように発進させた。

凜堂探偵社へと——逆戻りするために。

「アナタのことですから、そろそろ身辺整理をすませて、国外にでも高跳びする頃合いかと思いまして——御気に障ったら申し訳ありません。なにせ私ですので」

そう言ってステアリングを握った男は、バックミラー越しに後部座席へと目をやると、まるで詫《わ》びる気のない調子で肩をすくめて、

「ただ、さすがに眼球の借りパクは阻止するべきかと。本来なら、私はアナタに怒ってしかるべき立場ではないかと思うのですが」

「……悪いことをしたな、とは思ってるよ」

「光栄です」

悪い冗談のような会話を交わしながら、車内のデジタル時計を一瞥《いちべつ》する。都心の一等

地とはいえ、この時間帯ではさすがに交通量も少なく、対向車の姿も見当たらない。

と、後部座席の青年は、どこか眠たげな猫にも見える眼差《まなざ》しを車窓に向けると、

「ひとつ、訊《き》きたいことがあって」

と切り出した。

「溝呂木邸での事件について、僕たちの招集された理由を〈閻魔庁と魔王ぬらりひょんへの不穏なタレコミ〉と聞いているけど――本当は、タレコミがあったのは別の事件なんじゃないだろうか？」

「――どうしてそう思うんです？」

「不穏なタレコミがあったから、僕たちをその渦中へと差し向けた――と考えるには、アナタがあの半妖に甘すぎるからだよ。不穏なタレコミがあったから、僕たちをその渦中から遠ざけ、別の事件の合同捜査に向かわせた――これなら納得できるからね」

と、ふっと息を吐いた男は、小さく肩をすくめると、

「私としては、アナタも甘やかしているつもりですが――生き返るまでの五年間、棘様の代わりに食事の世話をしていなければ、今頃アナタは生きてないでしょうに」

言われた青年は、肩をすくめただけで応《こた》えなかった。

と、ゆっくり目を細めた男は、そっと顎《あご》を引いて頷きながら、

「獄舎の役割は〈中に閉じこめること〉であると同時に〈外から守ること〉でもありますからね。ご推察の通り、外界からアナタ方を隔離して、情報を遮断し、身の安全を確

保することが目的でした。ただ、アナタ方が大人しく保護されてくれるとも思えませんので、人助けも兼ねて、探偵として一肌脱いで頂こうかと——まさか、あれほど派手な事件になるとは思いませんでしたが」

「——タレコミの内容は？」

「具体的に言えば、殺害予告です。それも五年前、棘様が閻魔庁からの依頼で、警視庁捜査一課の不破徹志様と初めて組んだ未解決事件の——」

男の声は、半ばで途切れた。

「——止まって」

青年の声が遮ったからだ。

そこは都心の一等地にあるビル街の一角——黒ずんだ石造りの外壁を枯れた蔦《つた》で覆われた三階建ての古ビルだった。

——凜堂探偵社。

停車と同時にドアロックが解除される。すぐさま後部座席から降り立った青年は、硬質な足音をたてて正面玄関に近づくと、暗闇を見透かすようにファサードを見上げた。

辺りに人影はない。

にもかかわらず、先ほどまで人のいた気配が残っている。

と、パタパタ、と頭上でかすかな音がした。古風なグローブに覆われた白熱灯に、蛾が一匹、かすかな羽音をたてながら、全身を叩《たた》きつける動作をくりかえしている。

その下に両開きのガラス扉があって——切り落とされた生首が置かれていた。

「……嫌だな」

思わず呟《つぶや》く。

顎の下辺りで切断されたその生首は、男だった。新聞紙のようにどす黒く蒼《あお》ざめ、口の端に血の塊をこびりつかせたその顔には、たしかに見覚えがある。

警視庁捜査一課刑事——不破徹志だ。

「嫌だな。本当に嫌だ」

心からの呟きは、底のない暗闇に呑《の》まれて消えた。

昏すぎるし、寒すぎる。

そして、ただ一つ、はっきり感じることがあった。

もはや時間の猶予はない。

——何かが始まったのだ。

＊

この世には、鬼を嗤《わら》う悪人もいるのかもしれない。

〈主要参考文献〉

『図説・日本未確認生物事典』（柏美術出版　笹間良彦　１９９４年）
『妖怪図巻』（国書刊行会　京極夏彦文・多田克己編　２００４年）
『日本の妖怪ＦＩＬＥ』（学研パブリッシング　宮本幸枝編著　２０１３年）
『日本伝奇伝説大事典』（角川書店　乾克己他　１９８６年）
『アラマタヒロシの妖怪にされちゃったモノ事典』（秀和システム　荒俣宏　２０１９年）
『夜窓鬼談』（春風社　石川鴻斎　２００３年）
『世にもふしぎな化け猫騒動』（ＫＡＤＯＫＡＷＡ　今井秀和訳・解説　２０２０年）
『動物妖怪譚　下』（中央公論新社　日野巌　２００６年）
『猫だましい』（新潮社　河合隼雄　２０００年）
『猫の民俗学』（田畑書店　大木卓　１９７５年）
『猫の歴史と奇話　新装版』（築地書館　平岩米吉　１９９２年）
『猫の古典文学誌　鈴の音が聞こえる』（講談社　田中貴子　２０１４年）
『呪歌と説話　歌・呪い・憑き物の世界』（三弥井書店　花部英雄　１９９８年）
『エドガー・アラン・ポー　極限の体験、リアルとの出会い』（新曜社　西山けい子　２０２０年）

『エドガー・アラン・ポオの世界　罪と夢』（南雲堂　水田宗子　１９８２年）
『ゴシック文学入門』（筑摩書房　東雅夫編　２０２０年）
『ヒトは食べられて進化した』（化学同人　ドナ・ハート／ロバート・W・サスマン　２００７年）
『湿原　成長する大地』（中央公論社　辻井達一　１９８７年）
『犯罪捜査大百科』（映人社　長谷川公之　２０００年）
『殺人分子の事件簿　科学捜査が毒殺の真相に迫る』（化学同人　ジョン・エムズリー　２０１０年）
『悪について誰もが知るべき10の事実』（講談社　ジュリア・ショウ　２０１９年）
『死刑物語　起源と歴史と犠牲者』（原書房　K・B・レーダー　１９８２年）

本作はフィクションであり、実在の人物、団体とは関係ありません。本作は、書き下ろしです。

地《じ》獄《ごく》くらやみ花《はな》もなき 陸《ろく》

黒猫《くろねこ》の鳴《な》く獄舎《ごくしや》

路《みち》生《お》よる

令和3年 6月25日　初版発行

発行者●堀内大示

発行●株式会社KADOKAWA
〒102-8177　東京都千代田区富士見2-13-3
電話　0570-002-301（ナビダイヤル）

角川文庫 22676

印刷所●株式会社暁印刷
製本所●本間製本株式会社

表紙画●和田三造

●お問い合わせ
https://www.kadokawa.co.jp/（「お問い合わせ」へお進みください）
※内容によっては、お答えできない場合があります。
※サポートは日本国内のみとさせていただきます。
※Japanese text only

ISBN 978-4-04-111159-8　C0193

角川文庫発刊に際して

角川源義

第二次世界大戦の敗北は、軍事力の敗北であった以上に、私たちの若い文化力の敗退であった。私たちの文化が戦争に対して如何に無力であり、単なるあだ花に過ぎなかったかを、私たちは身を以て体験し痛感した。西洋近代文化の摂取にとって、明治以後八十年の歳月は決して短かすぎたとは言えない。にもかかわらず、近代文化の伝統を確立し、自由な批判と柔軟な良識に富む文化層として自らを形成することに私たちは失敗して来た。そしてこれは、各層への文化の普及滲透を任務とする出版人の責任でもあった。

一九四五年以来、私たちは再び振出しに戻り、第一歩から踏み出すことを余儀なくされた。これは大きな不幸ではあるが、反面、これまでの混沌・未熟・歪曲の中にあった我が国の文化に秩序と確たる基礎を齎らすためには絶好の機会でもある。角川書店は、このような祖国の文化的危機にあたり、微力をも顧みず再建の礎石たるべき抱負と決意とをもって出発したが、ここに創立以来の念願を果すべく角川文庫を発刊する。これまで刊行されたあらゆる全集叢書文庫類の長所と短所とを検討し、古今東西の不朽の典籍を、良心的編集のもとに、廉価に、そして書架にふさわしい美本として、多くのひとびとに提供しようとする。しかし私たちは徒らに百科全書的な知識のジレッタントを作ることを目的とせず、あくまで祖国の文化に秩序と再建への道を示し、この文庫を角川書店の栄ある事業として、今後永久に継続発展せしめ、学芸と教養との殿堂として大成せんことを期したい。多くの読書子の愛情ある忠言と支持とによって、この希望と抱負とを完遂せしめられんことを願う。

一九四九年五月三日